子《こ》どもと親《おや》のための

ハチ公《こう》物《もの》語《がたり》

日本中《にほんじゅう》が泣《な》いた日《ひ》

須田諭一 著

MP
Metropolitan Press

はじめに

渋谷駅《しぶやえき》の銅像《どうぞう》・忠犬《ちゅうけん》ハチ公《こう》は、本当《ほんとう》にいた

昭和《しょうわ》十年《ねん》（一九三五年《ねん》）三月八日《がつようか》、朝早《あさはや》い東京《とうきょう》の渋谷駅《しぶやえき》に、人《ひと》だかりができています。人《ひと》だかりの中心《ちゅうしん》には、大《おお》きな白《しろ》い犬《いぬ》が横《よこ》たわっています。

大人《おとな》も子《こ》どもも、一ぴきの犬《いぬ》を囲《かこ》んで泣《な》いています。

この犬《いぬ》が、現在《げんざい》、渋谷駅《しぶやえき》の待《ま》ち合《あ》わせ広場《ひろば》で目印《めじるし》になっている銅像《どうぞう》・忠犬《ちゅうけん》ハチ公《こう》です。

残念《ざんねん》なことに、忠犬《ちゅうけん》ハチ公《こう》がかい主《ぬし》を迎《むか》えに来《き》ていた話《はなし》は知《し》っていても、ハチ公《こう》が本当《ほんとう》にいたことを知《し》らない人《ひと》は多《おお》いようです。

ハチ公《こう》は本当《ほんとう》にいた犬《いぬ》です。

かい主《ぬし》を送《おく》り迎《むか》えするために、毎日《まいにち》、渋谷駅《しぶやえき》まで来《き》ていたことも本当《ほんとう》です。

そして、そのかい主《ぬし》が亡《な》くなったあとも、毎日《まいにち》、駅《えき》まで迎《むか》えに来《き》ていたということも。

そもそも、犬《いぬ》と人間《にんげん》が仲《なか》よくなったのは？

犬《いぬ》と人間《にんげん》が仲《なか》よくなったのは、今《いま》から三万年前《まんねんまえ》です。

犬《いぬ》は人間《にんげん》から食《た》べ物《もの》をもらい、人間《にんげん》は近《ちか》づく危険《きけん》な動物《どうぶつ》を犬《いぬ》に追《お》いはらってもらうことで、お互《たが》いを必要《ひつよう》として仲《なか》よくなりました。

においをかぐ力《ちから》や頭《あたま》の良《よ》さ、すばやい動《うご》きなどで、犬《いぬ》は人《ひと》の生活《せいかつ》を助《たす》けました。

とくに、鳥《とり》や動物《どうぶつ》の狩《か》りが大事《だいじ》だった時代《じだい》には、人《ひと》は犬《いぬ》をとても必要《ひつよう》としました。


では、どうして犬《いぬ》と人間《にんげん》は仲《なか》よくなれたのでしょう。

それは犬《いぬ》の習性《しゅうせい》にあります。習性《しゅうせい》とは、犬《いぬ》がもって生《う》まれた行動《こうどう》や感《かん》じ方《かた》のことです。

犬《いぬ》はグループをつくって生活《せいかつ》します。そのグループの中《なか》でリーダーを決《き》めて、リーダーを中心《ちゅうしん》に行動《こうどう》します。

この習性《しゅうせい》が、犬《いぬ》と人間《にんげん》が仲《なか》よくなるのにとても役《やく》に立《た》ちました。

犬《いぬ》は食《た》べ物《もの》をくれる人間《にんげん》を自分《じぶん》のリーダーだと思《おも》って、その人《ひと》の言《い》うことをきくようになったというわけです。

現在《げんざい》では番犬《ばんけん》だけでなく、ペットとして家族《かぞく》の一員《いちいん》になり、また、警察犬《けいさつけん》や介《かい》助犬《じょけん》など人《ひと》の生活《せいかつ》を助《たす》けるむずかしくて大事《だいじ》な仕事《しごと》もしています。

ハチの死《し》に、日本中《にほんじゅう》が泣《な》いた

このような犬《いぬ》と人間《にんげん》の長《なが》い歴史《れきし》の中《なか》で、ハチは亡《な》くなったかい主《ぬし》を駅《えき》で待《ま》つという行動《こうどう》をとっためずらしい犬《いぬ》です。

朝《あさ》と夕方《ゆうがた》、帰《かえ》って来《く》るはずもないかい主《ぬし》をハチは毎日迎《まいにちむか》えに行《い》きます。それも自分《じぶん》が亡《な》くなる日《ひ》まで、七年間《ねんかん》も。

そして、そんなハチの死《し》に、日本中《にほんじゅう》の大人《おとな》も子《こ》どもも泣《な》いたのです。

ハチの死《し》に、どうして日本中《にほんじゅう》が泣《な》いたのでしょう?

それは、ハチの一生《いっしょう》に答《こた》えがあるようです。

ハチの人生《にんせい》には、犬《いぬ》と人《ひと》のきずなや本物《ほんもの》の幸《しあわ》せ、純粋《じゅんすい》な愛情《あいじょう》があふれています。

当時《とうじ》の人々《ひとびと》とハチの関係《かんけい》を知《し》ることで、〝愛情《あいじょう》とはなにか? 本物《ほんもの》の幸《しあわ》せとはなにか?〟を、親子《おやこ》で考《かんが》えてみましょう。

もくじ

おもな登場人物《とうじょうじんぶつ》

●ハチ
秋田犬《あきたいぬ》。忠犬《ちゅうけん》ハチ公《こう》と呼《よ》ばれて渋谷駅《しぶやえき》の銅像《どうぞう》になる。

●上野英三郎先生《うえのひでさぶろうせんせい》
ハチのかい主《ぬし》。渋谷《しぶや》に住《す》んでいる大学《だいがく》の先生《せんせい》。

●八重夫人《やえふじん》
上野先生《うえのせんせい》の奥《おく》さん。

●つる子《こ》さん夫妻《ふさい》と久子《ひさこ》ちゃん
上野先生《うえのせんせい》の娘夫妻《むすめふさい》とその子《こ》ども。

●おとよさん
上野先生《うえのせんせい》の家《いえ》で働《はたら》くお手伝《てつだ》いさん。

●尾関才助《おぜきさいすけ》くん
上野先生《うえのせんせい》の家《いえ》の書生《しょせい》さん。才《さい》ちゃんと呼《よ》ばれている。

●小林菊三郎《こばやしきくさぶろう》さん
上野先生《うえのせんせい》の家《いえ》に出入《でい》りする植木職人《うえきしょくにん》さん。菊《きく》さんと呼《よ》ばれている。

●世間瀬千代松《ませちよまつ》さん　上野先生《うえのせんせい》の知《し》り合《あ》い。秋田県《あきたけん》の役所《やくしょ》で農業《のうぎょう》にかんする仕事《しごと》をしている。

●栗田礼三《くりたれいぞう》さん　世間瀬《ませ》さんの仕事《しごと》の部下《ぶか》。

●斎藤義一《さいとうよしかず》さん　栗田《くりた》さんの知《し》り合《あ》い。大《おお》きな農家《のうか》でハチを産《う》む母犬《ははいぬ》をかっている。

●日本橋《にほんばし》のごふく屋《や》さん　八重夫人《やえふじん》の親戚《しんせき》。上野先生《うえのせんせい》が亡《な》くなって、ハチをあずかってくれる。

●浅草《あさくさ》の高橋《たかはし》さん　八重夫人《やえふじん》の親戚《しんせき》。ごふく屋《や》さんの次《つぎ》にハチをあずかってくれる。

●斎藤弘吉会長《さいとうひろきちかいちょう》　日本犬保存会《にほんけんほぞんかい》の会長《かいちょう》。ハチを新聞《しんぶん》にのせて有名《ゆうめい》にして銅像《どうぞう》をつくる。

●安藤照先生《あんどうてるせんせい》　彫刻家《ちょうこくか》。ハチの銅像《どうぞう》をつくる。

第1章

ハチ、誕生《たんじょう》！

心《こころ》をいやしてくれる犬《いぬ》をかいたい

大正《たいしょう》十二年《ねん》（一九二三年《ねん》）九月一日《がつついたち》、関東《かんとう》に大地震《だいじしん》が起《お》きました。

この大地震《だいじしん》は関東大震災《かんとうだいしんさい》と呼《よ》ばれ、東京《とうきょう》と神奈川県《かながわけん》を中心《ちゅうしん》に、千葉県《ちばけん》、茨城県《いばらきけん》から静岡県《しずおかけん》まで大《おお》きなひがいを出《だ》しました。

東京帝国大学《とうきょうていこくだいがく》（現在《げんざい》の東京大学《とうきょうだいがく》）で農業《のうぎょう》を教《おし》えている上野英三郎先生《うえのひでさぶろうせんせい》は、新《あたら》しい農業《のうぎょう》を広《ひろ》めるためにいろいろな土地《とち》に行《い》くと、地震《じしん》で荒《あ》れた田《た》んぼや畑《はたけ》を見《み》るこ

関東大震災《かんとうだいしんさい》
マグニチュード7.9で、震源地《しんげんち》は、伊豆大島《いずおおしま》の海底《かいてい》。昼《ひる》だったため、食事《しょくじ》のしたくで火《ひ》を使《つか》っている家《いえ》が多《おお》く、火事《かじ》につながりました。
その後《ご》、小学校《しょうがっこう》の校舎《こうしゃ》は、燃《も》えにくい鉄筋《てっきん》コンクリートに建《た》てかえられ、校舎《こうしゃ》が地震《じしん》の避難場所《ひなんばしょ》になりました。

とになります。そこには、ひがいでとても困《こま》っている人《ひと》が大勢《おおぜい》いました。

日本《にほん》の農業《のうぎょう》が、地震《じしん》でだめになってしまったのです。それでなくても日本《にほん》の人口《じんこう》は、明治時代《めいじじだい》の最初《さいしょ》のころとくらべると二倍《ばい》にふえて、食《た》べ物《もの》がたりないというのに……。

農業《のうぎょう》を研究《けんきゅう》している上野先生《うえのせんせい》にとって、とてもいそがしく、心をいためる毎日《まいにち》です。

「わたしの心《こころ》をいやしてくれる犬《いぬ》をかいたい。」と、上野先生《うえのせんせい》は思《おも》いました。

上野英三郎《うえのひでさぶろう》（1872～1925年《ねん》 三重県出身《みえけんしゅっしん》）

大学《だいがく》の授業《じゅぎょう》のほかに、農商務省《のうしょうむしょう》の仕事《しごと》で三千人《ぜんにん》以上《いじょう》の農業土木《のうぎょうどぼく》の技術者《ぎじゅつしゃ》を育《そだ》てました。その技術者《ぎじゅつしゃ》は、関東大震災《かんとうだいしんさい》の復興《ふっこう》で重要《じゅうよう》な働《はたら》きをしました。

ちなみに、近代的《きんだいてき》な農業政策《のうぎょうせいさく》が日本《にほん》で行《おこな》われるようになったのは、明治《めいじ》から大正時代《たいしょうじだい》と言《い》われています。

上野先生《うえのせんせい》に習《なら》った卒業生《そつぎょうせい》が全国《ぜんこく》にたくさんいます。先生《せんせい》は世間瀬千代松《ませちよまつ》さんに電話《でんわ》をしました。世間瀬《ませ》さんは、秋田県《あきたけん》の役所《やくしょ》で農業《のうぎょう》の仕事《しごと》をしています。

「知《し》り合《あ》いで秋田犬《あきたいぬ》をかっている人《ひと》はいないかな?」

「いると思《おも》いますが、先生《せんせい》、どうしたんですか?」

世間瀬《ませ》さんは聞《き》きました。

「いや、秋田犬《あきたいぬ》をかいたいと思《おも》ってね。子犬《こいぬ》が産《う》まれたらゆずってほしいんだ。」

「わかりました。あたってみます。でもどうして、秋《あき》田犬《たいぬ》なんですか?」

「秋田犬《あきたいぬ》が減《へ》っているという話《はなし》を聞《き》いてね。ちょっと

秋田犬《あきたいぬ》
「あきたいぬ」と読《よ》みます。大型《おおがた》の日本犬《にほんけん》です。からだや足《あし》がしっかりしていて、耳《みみ》は三角形《さんかくけい》で立《た》ち、尾《お》はくるりと巻《ま》いています。

電話《でんわ》
明治《めいじ》9年《ねん》(1876年《ねん》)にスコットランドのベルが発明《はつめい》した電話《でんわ》ですが、

でも助《たす》けになればと思《おも》って。悪《わる》いねえ、仕事《しごと》をふやしてしまって。」

「いえ、いえ。そんなことはありません。先生《せんせい》にはいつもお世話《せわ》になっているので。」

「では、たのむよ。」

上野先生《うえのせんせい》は、しずかに電話《でんわ》を切《き》りました。

翌日《よくじつ》、世間瀬《ませ》さんは役所《やくしょ》に行《い》くと、部下《ぶか》の栗田礼三《くりたれいぞう》さんに聞《き》きました。

「秋田犬《あきたいぬ》をかっている人《ひと》を知《し》らないか？」

「いますよ。でも、どうしてですか？」と、栗田《くりた》さん

日本《にほん》では明治《めいじ》23年《ねん》（１８９０年《ねん》）に東京《とうきょう》～横浜間《よこはまかん》ではじめて使《つか》われます。

このときの電話加入者《でんわかにゅうしゃ》数《すう》は、東京《とうきょう》で１５５名《めい》、横浜《よこはま》が42名《めい》でした。

本文《ほんぶん》で、上野先生《うえのせんせい》が電《でん》話《わ》をかけているこの時期《じき》の加入者《かにゅうしゃ》は、全国《ぜんこく》で約《やく》40万人《まんにん》でした。

は答《こた》えました。

「東京《とうきょう》の上野先生《うえのせんせい》から電話《でんわ》があって、秋田犬《あきたいぬ》の子犬《こいぬ》がほしいとたのまれたんだ。きみは顔《かお》が広《ひろ》いから知《し》っていると思《おも》ってね。」

「上野先生《うえのせんせい》のたのみならなんとかしなくちゃ。わかりました。知《し》り合《あ》いに聞《き》いてみます。」

「じゃ、その人《ひと》に聞《き》いてみてくれ。」

親切《しんせつ》な上野先生《うえのせんせい》には、協力《きょうりょく》してくれる人《ひと》がたくさんいました。

犬《いぬ》にも家族《かぞく》の愛情《あいじょう》が必要《ひつよう》

栗田《くりた》さんは、知《し》り合《あ》いの斎藤義一《さいとうよしかず》さんに「子犬《こいぬ》が産《う》まれたら、東京《とうきょう》の大学《だいがく》の先《せん》生《せい》にゆずってほしいんだけど。」とたのみました。

大《おお》きな農家《のうか》の斎藤《さいとう》さんは、「栗田《くりた》さんとは昔《むかし》からの知《し》り合《あ》いだし、もらってくれる人《ひと》が東京《とうきょう》の大学《だいがく》の先生《せんせい》なら安心《あんしん》だ。」と快《こころよ》く言《い》ってくれました。

このような人《ひと》と人《ひと》のつながりで、大正《たいしょう》十二年《ねん》（一九二三年《ねん》）十一月十日《がっとおか》に産《う》まれた秋田犬《あきたいぬ》のオスは、秋田県《あきたけん》から東京《とうきょう》に行《い》くことになったのです。

子犬《こいぬ》は四ひき産《う》まれましたが、四ひきとも元気《げんき》なオスでした。

「かわいいなあ。で、いつ上野先生《うえのせんせい》にあげるんだい？」

物置小屋《ものおきごや》で母犬《ははいぬ》のおっぱいにしゃぶりついている子犬《こいぬ》たちを見《み》ながら、栗田《くりた》さんは斎藤《さいとう》さんに聞《き》きました。

「乳《ちち》ばなれするのが二ヵ月目《げつめ》ぐらいだから、それまで母犬《ははいぬ》や兄弟《きょうだい》と、はなさないほうが子犬《こいぬ》のためなんだよ。」

「斎藤《さいとう》さんは、さすがにくわしいね。」

「早《はや》くはなすと、落《お》ち着《つ》きがなくて、よくほえるようになってしまうんだよ。あまり知《し》られていないけど、犬《いぬ》にも親《おや》や家族《かぞく》の愛情《あいじょう》が必要《ひつよう》なんだ。だから、東京《とうきょう》に出《だ》すのは来年《らいねん》の一月《がつ》になってからだね。」

斎藤《さいとう》さんは、母犬《ははいぬ》と子犬《こいぬ》をはなしてはいけない理由《りゆう》を説明《せつめい》してくれました。

「愛情《あいじょう》がいちばん大事《だいじ》。犬《いぬ》も人間《にんげん》も同《おな》じなんだね。」

ふたりはやさしい気持《きも》ちで犬《いぬ》の親子《おやこ》を見《み》つめてほほ笑《え》みました。

産《う》まれたばかりの子犬《こいぬ》
生後《せいご》10日目《にちめ》ぐらいまでの子犬《こいぬ》は、おなかが空《す》いていなくても、本能《ほんのう》でお乳《ちち》を飲《の》みます。
生後《せいご》20日目《にちめ》ぐらいまで、自分《じぶん》でおしっこやうんちができません。母犬《ははいぬ》がなめて出《だ》してあげます。
生後《せいご》2～3週目《しゅうめ》で、目《め》が見《み》えるようになり、3週目《しゅうめ》で立《た》てるようになります。

子犬《こいぬ》たちは、あいかわらず母犬《ははいぬ》のおっぱいに元気《げんき》にしゃぶりついています。

本当《ほんとう》にかわいい子犬《こいぬ》たち。そして愛情《あいじょう》たっぷりの母《はは》犬《いぬ》です。

この時期《じき》は、脳《のう》も成長《せいちょう》するので、親《おや》や兄弟《きょうだい》とたくさん遊《あそ》ばせることが大《たい》切《せつ》です。この時期《じき》にほかの犬《いぬ》と遊《あそ》ばないと、成長《せいちょう》してから落《お》ち着《つ》きがなくなってしまいます。

東京《とうきょう》の荒波《あらなみ》なんかに負《ま》けるな

お正月《しょうがつ》もすぎた一月《がつ》十四日《か》。

「乳《ちち》ばなれもしたし、歯《は》も生《は》えそろったし、もうだいじょうぶだろう。」という斎藤《さいとう》さんの判断《はんだん》で、子犬《こいぬ》は秋《あき》田《た》県《けん》の大館駅《おおだてえき》から東京《とうきょう》に行《い》くことになりました。

「上野先生《うえのせんせい》は犬好《いぬず》きで有名《ゆうめい》なんだ。かわいがってもらえるぞ。おまえは幸《しあわ》せ者《もの》だなあ。」

世間瀬《ませ》さんは子犬《こいぬ》の頭《あたま》をなでました。

「わしでさえ、東京《とうきょう》には行《い》ったことがないというのに、おまえはすごいなあ。」

にこにこしながら斎藤《さいとう》さんも子犬《こいぬ》をなでました。

「産《う》まれたときよりずいぶん大《おお》きくなったなあ。これなら長旅《ながたび》もだいじょうぶだろう。」

そう言《い》いながら、栗田《くりた》さんは子犬《こいぬ》とビスケットを米俵《こめだわら》にそっと入《い》れました。

子犬《こいぬ》を乗《の》せた急行《きゅうこう》七〇二号《ごう》は、午後《ごご》三時《じ》二十分《ぷん》に大館駅《おおだてえき》を出発《しゅっぱつ》して、上野駅《うえのえき》に向《む》かいました。

「こんなに雪《ゆき》が降《ふ》っていては、きっと列車《れっしゃ》の中《なか》も寒《さむ》いだろう。」

朝《あさ》から降《ふ》り続《つづ》ける雪《ゆき》を見上《みあ》げて、世間瀬《ませ》さんはつぶやきました。

「なに、だいじょうぶさ。小《ちい》さくても秋田犬《あきたいぬ》だ。寒さには強《つよ》い。」と、斎藤《さいとう》さんが言《い》いました。

「秋田犬《あきたいぬ》は秋田《あきた》のほこりだ。東京《とうきょう》の荒波《あらなみ》なんかに負《ま》けるなよ。」

どんどん遠《とお》くなる列車《れっしゃ》を見《み》つめて、栗田《くりた》さんもつぶやきました。

誇《ほこ》り
すぐれていると思《おも》っているもの。または、その気持《きも》ちのことです。

第2章

ハチと上《うえ》野《の》先《せん》生《せい》

ぐったりして動《うご》かない子犬《こいぬ》

「おい、いつ着《つ》くんだい？　いつまで待《ま》たせるんだよ！」

「お客《きゃく》さん、そんなこと言《い》われても朝《あさ》の地震《じしん》でおくれているんです。関東大震災《かんとうだいしんさい》の余震《よしん》があったことぐらい知《し》っているでしょう。」

上野駅《うえのえき》の小荷物引《こにもつひ》き取《と》り所《じょ》で、いらいらしているのは小林菊三郎《こばやしきくさぶろう》さんです。

小林《こばやし》さんは、みんなから〝菊《きく》さん〟と呼《よ》ばれている植木職人《うえきしょくにん》さんです。菊《きく》さんは上野先生《うえのせんせい》のお屋敷《やしき》のよう

余震《よしん》
大地震《だいじしん》のあと、しばらくの間《あいだ》、ゆり返《かえ》しで起《お》こる小《ちい》さな地震《じしん》のことです。

な大《おお》きな家《いえ》の庭《にわ》の手入《てい》れをしています。

今日《きょう》は上野先生《うえのせんせい》からたのまれて、上野駅《うえのえき》に子犬《こいぬ》を取《と》りに来《き》たのです。

「そんなことぐらい知《し》ってるさ。でも、九時《じ》には着《つ》くはずだろ？　いつまで待《ま》たせるんだよ。」

「そんなこと言《い》われても、何時《なんじ》に着《つ》くかわからないんですよ。」

菊《きく》さんにせかされて、駅員《えきいん》さんは困《こま》っています。


十一時《じ》近《ちか》く、やっと子犬《こいぬ》を乗《の》せた列車《れっしゃ》が到着《とうちゃく》しました。

「上野英三郎先生宛《うえのひでさぶろうせんせいあて》の荷物《にもつ》があるはずなんだ。早《はや》くさがしてくれ。」

菊《きく》さんは、あいかわらず大《おお》きな声《こえ》で駅員《えきいん》さんをせかします。

「わかりましたよ。お客《きゃく》さん、ちょっとはしずかにしてくださいよ。」

こんなやり取《と》りがあって、駅員《えきいん》さんが持《も》って来《き》たのは米俵《こめだわら》でした。

「なんだよ、これは？」と、菊《きく》さん。

「なんだよって、これが上野《うえの》さん宛《あて》の荷物《にもつ》です。ここに〝上野英三郎様《うえのひでさぶろうさま》〟って書《か》いてあるでしょ？」と、駅員《えきいん》さん。

「なにが入《はい》ってるんだよ？　おれが取《と》りに来《き》たのは犬《いぬ》なんだぞ。」

「中《なか》に入《はい》っている物《もの》まで知《し》りませんよ。自分《じぶん》で見《み》てください。」

そう言《い》われて、菊《きく》さんは米俵《こめだわら》の口《くち》ひもをほどいて、中《なか》をのぞきました。

「あ！　犬《いぬ》だ。犬《いぬ》が入《はい》っている！」

菊《きく》さんはびっくりして大声《おおごえ》でさけびました。

「お客《きゃく》さん、もういいでしょ？　うしろに待《ま》っている人《ひと》がいるんだから。」

駅員《えきいん》さんに注意《ちゅうい》されて、菊《きく》さんは少《すこ》しはなれたベンチにすわりました。

米俵《こめだわら》の中《なか》に手《て》を入《い》れて、そっと子犬《こいぬ》を取《と》り出《だ》しましたが、子犬《こいぬ》はぐったりして動《うご》きません。菊《きく》さんはあわてて心臓《しんぞう》のあたりをふれてみました。

〝とっくん、とっくん〟

「ああ、よかった。心臓《しんぞう》は動《うご》いている。死《し》んでるかと思《おも》ったよ。」

でも安心《あんしん》はできません。このまま死《し》んでしまうかもしれません。

菊《きく》さんは急《いそ》いで山手線《やまのてせん》に飛《と》び乗《の》って、上野先生《うえのせんせい》の家《いえ》がある渋谷駅《しぶやえき》に向《む》かいました。

上野先生《うえのせんせい》の家《いえ》

渋谷《しぶや》にありました。現《げん》在《ざい》の東急百貨店本店《とうきゅうひゃっかてんほんてん》のとなりのBunkamura《ぶんかむら》のあたりですが、今《いま》はありません。

子犬《こいぬ》は三人《にん》の視線《しせん》を浴《あ》びながら

渋谷駅《しぶやえき》で降《お》りると、菊《きく》さんは上野先生《うえのせんせい》の家《いえ》をめざしていっしょうけんめい走《はし》りました。一月《がつ》だというのにあせびっしょりです。

いつもお世話《せわ》になっている上野先生《うえのせんせい》が、去年《きょねん》から楽《たの》しみにしていた子犬《こいぬ》です。その子犬《こいぬ》を運《はこ》んでいる途中《とちゅう》で死《し》なせてしまっては申《もう》しわけが立《た》たない。そんな思《おも》いが、菊《きく》さんの頭《あたま》の中《なか》をぐるぐるまわっています。

渋谷駅《しぶやえき》から上野先生《うえのせんせい》の家《いえ》まで、歩《ある》いて十分《ぷん》ぐらいか

山手線《やまのてせん》

日本《にほん》の鉄道《てつどう》は、明治《めいじ》5年《ねん》（1872年《ねん》）新橋駅《しんばしえき》〜横浜駅《よこはまえき》ではじまります。その後《ご》、上野駅《うえのえき》や渋谷《しぶや》駅《えき》、新宿駅《しんじゅくえき》などができて現在《げんざい》の山手線《やまのてせん》の原型《げんけい》ができます。

山手線《やまのてせん》と呼《よ》ばれるようになったのは、明治《めいじ》42年《ねん》（1909年《ねん》）で、駅《えき》が少《すく》なく、当時《とうじ》は今《いま》のように円形《えんけい》に回《まわ》るものではあり

かりますが、いっしょうけんめい走《はし》って、菊《きく》さんは数《すう》分《ふん》で家《いえ》に走《はし》り込《こ》みました。

「奥《おく》さま、奥《おく》さま！」

広《ひろ》い庭《にわ》に仁王立《におうだ》ちになって、菊《きく》さんは上野先生《うえのせんせい》の奥《おく》さんの八重夫人《やえふじん》を大《おお》きな声《こえ》で呼《よ》びました。

「あらあら、どうしたんですか？　菊《きく》さん、そんなにあわてて。」

縁側《えんがわ》のガラス戸《ど》を八重夫人《やえふじん》は開《あ》けました。

菊《きく》さんがこんなにあわてているというのに、八重夫《やえふ》人《じん》は落《お》ち着《つ》いています。菊《きく》さんは、上野夫妻《うえのふさい》のあわてた姿《すがた》を見《み》たことがありません。


ませんでした。

現在《げんざい》の円形《えんけい》の路線《ろせん》になったのは、大正《たいしょう》14年《ねん》（1925年《ねん》）です。

本文《ほんぶん》で、菊《きく》さんがハチを上野駅《うえのえき》から渋谷駅《しぶやえき》に運《はこ》んだのは、大正《たいしょう》13年《ねん》（1924年《ねん》）1月《がつ》15日《にち》なので、山手線《やまのてせん》が円形《えんけい》になる前《まえ》のことです。

「子犬《こいぬ》……子犬《こいぬ》がぐったりしてしまって……」

渋谷駅《しぶやえき》から走《はし》って来《き》た菊《きく》さんは、息《いき》が切《き》れてきちんと話《はな》すことができません。

八重夫人《やえふじん》にぐったりした子犬《こいぬ》を差《さ》し出《だ》すのがやっとです。

「あら、まあ、かわいそうに。列車《れっしゃ》にゆられて弱《よわ》ってしまったのね。」

菊《きく》さんは子犬《こいぬ》をそっと縁側《えんがわ》に置《お》きました。子犬《こいぬ》は動《うご》きません。

八重夫人《やえふじん》は、お手伝《てつだ》いのおとよさんに牛乳《ぎゅうにゅう》と小皿《こざら》を持《も》って来《き》てもらいました。

おとよさんは、横《よこ》になる子犬《こいぬ》の鼻先《はなさき》に小皿《こざら》を置《お》くと、ビンから牛乳《ぎゅうにゅう》をそっと注《そそ》ぎました。

小柄《こがら》で和服《わふく》が似合《にあ》う美人《びじん》の八重夫人《やえふじん》。ふくよかで大柄《おおがら》のおとよさん。はっぴに股引《ももひ》きの仕事着《しごとぎ》が似合《にあ》う菊《きく》さん。三人《にん》の大人《おとな》が心配《しんぱい》そうに、じっと子犬《こいぬ》を見《み》つめています。だれもなにも言《い》いません。

しばらくすると、子犬《こいぬ》はゆっくり目《め》を開《あ》けました。

「動《うご》いた。」

おとよさんが小《ちい》さな声《こえ》でさけびました。

子犬《こいぬ》は鼻《はな》をぴくぴくさせると、よたよたしながらも立《た》ち上《あ》がろうとがんばっています。

「ほら、がんばれ。」

菊《きく》さんも小《ちい》さな声《こえ》で応援《おうえん》しました。

子犬《こいぬ》は三人《にん》の視線《しせん》を浴《あ》びながら立《た》ち上《あ》がると、小皿《こざら》に口《くち》をつけて牛乳《ぎゅうにゅう》を飲《の》みました。

ときおりピンク色《いろ》の小《ちい》さな舌《した》が見《み》えます。

「まあ、かわいいベロをして。うふふ」

法被《はっぴ》
和服《わふく》の上着《うわぎ》のひとつ。そでが広《ひろ》く、たけは腰《こし》まであります。おもに職人《しょくにん》が作業着《さぎょうぎ》として着《き》ることが多《おお》い、動《うご》きやすい着物《きもの》です。

股引《ももひ》き
足《あし》にぴったりして腰《こし》と足首《あしくび》をひもでしめる作業《さぎょう》着《ぎ》の和服《わふく》の長《なが》ズボンです。

ほっとして、おとよさんが口《くち》もとだけで笑《わら》いました。

子犬《こいぬ》のかわいらしさは、人《ひと》の心《こころ》をいやすのでしょう。おとよさんにつられて、八《や》重夫人《えふじん》と菊《きく》さんもほほ笑《え》みました。

「地震《じしん》で列車《れっしゃ》が何時間《なんじかん》もおくれたから、からだに悪《わる》かったのね。かわいそうに。」

八重夫人《やえふじん》は、牛乳《ぎゅうにゅう》に夢中《むちゅう》になっている子犬《こいぬ》の頭《あたま》を気《き》が散《ち》らないように、そっとふれてみました。

「やわらかくてふかふか。丸《まる》い顔《かお》がぬいぐるみみたいでかわいいわ。」

おとよさんも背中《せなか》のあたりを人《ひと》さし指《ゆび》でそっとさわりました。

おなかがいっぱいになった子犬《こいぬ》は、すわりこんで自分《じぶん》の足《あし》などをなめはじめました。

「やっと落《お》ち着《つ》いたと見《み》える。どれどれ。」

菊《きく》さんがだっこすると、なんと子犬《こいぬ》はぴゅーっとおしっこをしたのです。

「うわ！」

あわてる菊《きく》さん。

八重夫人《やえふじん》とおとよさんは、おなかをかかえて笑《わら》いました。

名前《なまえ》はハチ

「子犬《こいぬ》は無事《ぶじ》に届《とど》いたか？」

仕事《しごと》から帰《かえ》って来《き》た上野先生《うえのせんせい》は、まっ先《さき》にそう言《い》いました。急《いそ》いで帰《かえ》って来《き》たようです。いつも落《お》ち着《つ》いている先生《せんせい》としてはめずらしいことです。

「あらあら、よっぽど気《き》になるのね。でも、まずはコートを脱《ぬ》いでくださいね。」

八重夫人《やえふじん》は背《せ》の高《たか》い先生《せんせい》を見上《みあ》げながら、笑顔《えがお》で出迎《でむか》えました。

「子犬《こいぬ》はどこだ?」

「縁側《えんがわ》の奥《おく》に古《ふる》い毛布《もうふ》を敷《し》いて寝《ね》かせていますよ。」

「おお、そうか、そうか。」

コートと帽子《ぼうし》を八重夫人《やえふじん》にわたすと、上野先生《うえのせんせい》はいそいそと子犬《こいぬ》のところに向《む》かいます。

子犬《こいぬ》は毛布《もうふ》の上《うえ》で丸《まる》くなって、すやすやと寝《ね》ていました。先生《せんせい》は腰《こし》をおろして子犬《こいぬ》の寝顔《ねがお》をじっと見《み》つめます。

「家《いえ》に着《つ》いたときはぐったりしていて、そのまま死《し》んでしまうかと思《おも》いましたわ。」

子犬《こいぬ》が起《お》きないように、八重夫人《やえふじん》は小《ちい》さな声《こえ》で説明《せつめい》しました。

「一日中《いちにちじゅう》、列車《れっしゃ》にゆられていたんだ。無理《むり》もない。」

「でも、牛乳《ぎゅうにゅう》を飲《の》んだらすぐに元気《げんき》になって。」

「そうか。それはよかった。」

上野先生《うえのせんせい》は、子犬《こいぬ》の首《くび》のあたりをそっとさわりました。

念願《ねんがん》の秋田犬《あきたいぬ》が届《とど》いてうれしいはずですが、鼻筋《はなすじ》がとおったりりしい顔立《かおだ》ちの先生《せんせい》の表情《ひょうじょう》がなぜかくもっています。

犬好《いぬず》きの先生《せんせい》は、これまでも何《なん》びきか秋田犬《あきたいぬ》をかったことがあります。けれど、どの犬《いぬ》も一歳《さい》か二歳《さい》で死《し》んでしまいました。亡《な》くなった犬《いぬ》のことを思《おも》い出《だ》したのです。

「こいつはちゃんと育《そだ》てなくてはな。」

「そうね。でもだいじょうぶよ。秋田《あきた》から東京《とうきょう》までゆられてもだいじょうぶだったのですから。」

「そうだな。」

そんな話《はなし》をしていると、子犬《こいぬ》が目《め》をさましました。

「ほら、おまえのご主人《しゅじん》の上野先生《うえのせんせい》よ。ちゃんとごあいさつしなさい。」

八重夫人《やえふじん》はかわいくてしょうがないという表情《ひょうじょう》で、両手《りょうて》で子犬《こいぬ》を包《つつ》むように持《も》ち上《あ》げると、おすわりをさせました。されるがままに、子犬《こいぬ》はちょこんとすわります。

「はじめまして。握手《あくしゅ》だ。」

上野先生《うえのせんせい》は、お手《て》のように子犬《こいぬ》の片方《かたほう》の前足《まえあし》をやさしくにぎりました。とてもうれしそうな先生《せんせい》です。

「思《おも》ったよりも足《あし》が太《ふと》い。こんなに小《ちい》さくてもやっぱり秋田犬《あきたいぬ》だ。」

「名前《なまえ》をつけてあげなくちゃね。」

「そうだなあ……なにがいいかなあ。」

先生《せんせい》が考《かんが》え込《こ》んでいると、八重夫人《やえふじん》が「ねえ、〝ハチ〟はどうかしら？」と提案《ていあん》しました。

「ハチ？　どうしてハチなんだ？」

「だって見《み》てよ。こうやっておすわりをしていると、八《はち》の字《じ》のように前足《まえあし》がぴんとしてりっぱだわ。」

「おお、そうだな。秋田犬《あきたいぬ》のたくましさが前足《まえあし》に出《で》ている。ハチはいいかもしれないな。」

「それに、この子犬《こいぬ》で八ぴき目《め》よ。うちでかう犬《いぬ》は。」

「そうか、じゃハチで決《き》まりだ。」

太《ふと》い前足《まえあし》をぐっと八《はち》の字《じ》にして、すわっているハチの頭《あたま》を、にこにこしながら上野先生《うえのせんせい》はなでました。

上野先生《うえのせんせい》と寝《ね》る

〝クゥン、クゥン〟

その夜《よる》、上野家《うえのけ》の人《ひと》たちが寝《ね》しずまろうとすると、ハチの悲《かな》しそうな声《こえ》が聞《き》こえてきました。

「あのね、そうやってきみがなくと、みんなが眠《ねむ》れなくなるだろ？　しずかにしなさい。」

〝才《さい》ちゃん〟と呼《よ》ばれている書生《しょせい》の尾関才助《おぜきさいすけ》くんが、

書生《しょせい》
他人《たにん》の家《いえ》に世話《せわ》になって、家事《かじ》などを手伝《てつだ》いながら勉強《べんきょう》をする若者《わかもの》のことです。
なお、書生《しょせい》を受《う》け入《い》れる家《いえ》は、政治家《せいじか》や大《おお》きな会社《かいしゃ》の社長《しゃちょう》、大学《だいがく》の先生《せんせい》などでした。

ハチを寝《ね》かせようとして、さっきからずっと背中《せなか》をなでています。

「困《こま》ったなあ。」と、才《さい》ちゃんがつぶやいていると、綿入《わたい》れ半《はん》てんをはおった上野《うえの》先生《せんせい》がようすを見《み》に来《き》ました。

「どうした？」

「すみません。すぐにしずかにさせますので。」

「あやまらなくていいよ。なにもきみのせいじゃない。住《す》む場所《ばしょ》が変《か》わっては落《お》ち着《つ》かないし、親《おや》や兄弟《きょうだい》とはなされてさびしいのだろう。よし、わしのふとんで寝《ね》かせるとするか。」

先生《せんせい》はハチを抱《だ》き上《あ》げました。

「先生《せんせい》、それならわたしのふとんで寝《ね》かせます。」

先生《せんせい》にめいわくをかけてはいけないと思《おも》って、才《さい》ちゃんはあわてました。

「いやいや、いいんだよ。わしが好《す》きでいっしょに寝《ね》るんだから。」

「先生《せんせい》がそうおっしゃるならいいんですけど……」

才《さい》ちゃんが困《こま》っているのもかまわずに、先生《せんせい》はうれしそうにハチを抱《だ》いて寝室《しんしつ》に消《き》えて行《い》きました。

上野先生《うえのせんせい》とハチがいっしょに寝《ね》るのは、この夜《よる》だけでなく一ヵ月《げつ》ぐらい続《つづ》きました。

人間《にんげん》の理屈《りくつ》をハチに押《お》しつけていないか？

上野家《うえのけ》は、上野先生《うえのせんせい》と八重夫人《やえふじん》、養女《ようじょ》のつる子《こ》さん

養女《ようじょ》
　自分《じぶん》に子《こ》どもがいない場合《ばあい》など、法律的《ほうりつてき》に自分《じぶん》の子《こ》どもにして育《そだ》てた女性《じょせい》のことを言《い》います。

夫妻《ふさい》
　夫婦《ふうふ》のていねいな言《い》い方《かた》です。「私《わたし》たち夫妻《ふさい》」など、自分《じぶん》には使《つか》いません。「ご夫妻《ふさい》でどうぞ」など、よその夫婦《ふうふ》に使《つか》います。

夫妻《ふさい》と長女《ちょうじょ》の久子《ひさこ》ちゃんです。つる子《こ》さんのご主人《しゅじん》は農商務省《のうしょうむしょう》につとめていて、久子《ひさこ》ちゃんはハチがやって来《き》た翌月《よくげつ》に産《う》まれました。

そして、書生《しょせい》の尾関才助《おぜきさいすけ》くん、住《す》み込《こ》みのお手伝《てつだ》いのおとよさんという大家族《だいかぞく》でした。

上野先生《うえのせんせい》の家《いえ》は二〇〇坪《つぼ》以上《いじょう》もあって、渋谷《しぶや》では有名《ゆうめい》なお屋敷《やしき》でした。

もちろん、庭《にわ》も広《ひろ》くてハチが遊《あそ》ぶにはもってこいです。

才《さい》ちゃんやおとよさん、八重夫人《やえふじん》にかまってもらって、一日中《いちにちじゅう》、元気《げんき》に庭《にわ》を走《はし》り回《まわ》っています。

「こら、ハチ、花《か》だんの中《なか》に入《はい》っちゃダメでしょ！」

おとよさんにおこられてもこりない、わんぱくなハチです。

高《たか》い石垣《いしがき》に囲《かこ》まれて家《いえ》から外《そと》は見《み》えないので、夕方《ゆうがた》になって先生《せんせい》が帰《かえ》って来《き》ても、門《もん》の中《なか》に入《はい》って来《く》るまで気《き》がつきません。

ところがハチは鼻《はな》がいいので、先生《せんせい》が家《いえ》の近《ちか》くまで来《く》るだけでわかります。門《もん》のところでおすわりをして、しっぽをふって待《ま》ちました。

「おお、ハチ、ただいま。」

ハチは上野先生《うえのせんせい》の声《こえ》を合図《あいず》に、はなたれたように飛《と》びつきます。先生《せんせい》のズボンはどろだらけ。

「こら、ハチ、先生《せんせい》のズボンがよごれてしまうだろ。」

才《さい》ちゃんがハチを引《ひ》きはなそうとします。

「いいんだよ。飛《と》びかかられるとよごれるというのは人間《にんげん》のつごうで、ハチはただ喜《よろこ》びを表現《ひょうげん》しているだけなんだから。きみだってうれしいときに『喜《よろこ》ぶな』と言《い》われたらいやだろ？」

「はあ、たしかにそうですが……」

上野先生《うえのせんせい》は、「ハチはなにを考《かんが》えているか？　人間《にんげん》の理屈《りくつ》をハチに押《お》しつけていないか？」という点《てん》からいつも考《かんが》えました。

このような先生《せんせい》の考《かんが》え方《かた》は、ハチに対《たい》してだけではありません。仕事《しごと》のときも同《おな》じです。相手《あいて》の気持《きも》ちを大切《たいせつ》にします。

たとえば、農業《のうぎょう》の指導《しどう》に行《い》ったときは、「この土地《とち》にはなにが必要《ひつよう》か？　ここの人《ひと》たちはなにを望《のぞ》んでいるか？　学者《がくしゃ》の意見《いけん》を押《お》しつけていないか？」ということをいつも考《かんが》えました。

だから上野先生《うえのせんせい》は、いろいろな地域《ちいき》の人《ひと》たちに必要《ひつよう》とされて、学生《がくせい》や卒業生《そつぎょうせい》からもしたわれているのです。

ハチ、上野先生《うえのせんせい》とお風呂《ふろ》に入《はい》る

ところで、ハチが生《い》きた時代《じだい》は今《いま》から九十年《ねん》も前《まえ》のことです。

犬《いぬ》のかい方《かた》には、今《いま》と違《ちが》う点《てん》がたくさんありました。

まず、今《いま》はペットとして部屋《へや》の中《なか》でかうことはめずらしくありませんが、当時《とうじ》は番犬《ばんけん》として外《そと》でかわれていました。

今《いま》は犬《いぬ》の首《くび》からリードをはずして外《そと》で遊《あそ》ばせることはありませんが、当時《とうじ》は「ほら、遊《あそ》んでおいで。」と言《い》って、リードをはずすことはあたりまえでした。

そして、今《いま》は犬《いぬ》を洗《あら》うことはあたりまえですが、当時《とうじ》は犬《いぬ》を洗《あら》う習慣《しゅうかん》はありませんでした。

「ハチは生《う》まれて三ヵ月《げつ》だ。もうお風呂《ふろ》に入《い》れてもだいじょうぶだろう。」ある天気《てんき》の良《よ》い日曜日《にちようび》。先生《せんせい》は物置《ものおき》から使《つか》っていないたらいを取《と》り出《だ》すと、ハチを連《つ》れてお風呂場《ふろば》に入《はい》りました。

先生《せんせい》はシャツのそでをまくると、用意《ようい》しておいたぬるま湯《ゆ》をたらいに入《い》れました。そしてハチをかかえると、そっとたらいの中《なか》に入《い》れます。

はじめて入《はい》るお湯《ゆ》です。びっくりしてハチは小《ちい》さな足《あし》をバタバタさせました。けれど、先生《せんせい》がやさしくお湯《ゆ》を背中《せなか》にかけると安心《あんしん》して、すぐにおとなしくなりました。

「ほら、ハチ、気持《きも》ちいいだろう？」

先生《せんせい》が落《お》ち着《つ》いていたので、ハチはそれを感《かん》じて、「これはこわいことではないんだ。いいことなんだ。」と思《おも》ったのでしょう。

先生《せんせい》は、ハチの背中《せなか》、おなか、足《あし》、顔《かお》などに石《せっ》けんをつけて、ブラシでゆっくりやさしく洗《あら》いました。

されるままになっているハチ。

先生《せんせい》とくらすようになって、まだ一ヵ月《げつ》ですが、ハチの先生《せんせい》に対《たい》する信頼《しんらい》が十分《じゅうぶん》に伝《つた》わってきます。

「よし、きれいになったぞ。」

先生《せんせい》はハチをたらいから出《だ》して、手《て》ぬぐいでていねいにふきました。

ハチは、その手《て》ぬぐいにかみついてはなそうとしません。続《つづ》いて先生《せんせい》の手《て》にあまがみをはじめました。

甘噛《あまが》み

犬《いぬ》や猫《ねこ》などが軽《かる》くかむことです。

固形《こけい》の物《もの》を食《た》べるようになると、子犬《こいぬ》はいろいろな物《もの》をかもうとします。これは歯《は》とあごを使《つか》おうとする本能《ほんのう》です。

また、歯《は》がはえ変《か》わるときに、抜《ぬ》けそうな歯《は》がむずがゆくて、かもうとすることもあります。

子犬《こいぬ》のあまがみをその

「ほらほら、かんだらダメだぞ、ハチ。」

ハチにあまえられて、先生《せんせい》はとてもうれしそうに注意《ちゅうい》します。先生《せんせい》はふだんだれにも見《み》せない顔《かお》を、ハチにだけは見《み》せました。

上野先生《うえのせんせい》とつる子《こ》さん

その日《ひ》の夜《よる》。ソファで先生《せんせい》が本《ほん》を読《よ》んでいます。

「おとうさん、ハチをお風呂《ふろ》に入《い》れたんだって？」

本《ほん》から目《め》をはなすと、つる子《こ》さんが久子《ひさこ》ちゃんをだっこして立《た》っています。久子《ひさこ》ちゃんは産《う》まれたばかり

ままにすると、人《ひと》の手《て》をかんでもいいと思《おも》ってしまい、成犬《せいけん》になっても人《ひと》をかむようになってしまいます。

しかし、かむことで歯《は》やあごがじょうぶになるので、むやみにやめさせてはいけません。

手《て》をかませるのではなく、かんでもいいおもちゃなどを用意《ようい》してあげましょう。

の赤《あか》ちゃんです。

「おお、ハチは気持《きも》ち良《よ》さそうにしてたぞ。」

「〝気持《きも》ち良《よ》さそうにしてたぞ〟じゃないわよ。犬《いぬ》をお風呂《ふろ》に入《い》れるなんて。」

つる子《こ》さんは、ずいぶんおこっているようです。

「犬《いぬ》はお風呂《ふろ》に入《はい》っちゃダメだと言《い》うのかい?」

「そうよ。そんな話《はなし》、聞《き》いたことないわ。」

「つる子《こ》は、これまでやったことがないことは、やってはいけないという考《かんが》えなのかな?」

本《ほん》をテーブルに置《お》くと、先生《せんせい》はつる子《こ》さんを見《み》てほほ笑《え》みました。

犬《いぬ》をお風呂《ふろ》に入《い》れる

まず、犬《いぬ》の毛《け》のカットが17世紀《せいき》のフランスでプードルに行《おこな》われます。

このカットのときに、からだも洗《あら》うようになったのがはじまりです。

当時《とうじ》のプードルは、沼《ぬま》地《ち》で狩《か》りをする犬《いぬ》でした。狩《か》りをするのに動《うご》きやすいように、毛《け》を切《き》ったのです。

そのときに水《みず》の冷《つめ》たさ

「ほらまた、おとうさんの理屈《りくつ》がはじまった。」

つる子《こ》さんも引《ひ》きません。

「人《ひと》はどうしてお風呂《ふろ》に入《はい》るのかな？」と、先生《せんせい》は聞《き》きました。切《き》れ長《なが》の目《め》がやさしそうです。

「そ、それは……からだをきれいにするためよ。」

言葉《ことば》をつまらせながら、つる子《こ》さんは答《こた》えます。

「そうだね。じゃ、ほかには？」

「ほかに？」

「お風呂《ふろ》は健康《けんこう》のためにも必要《ひつよう》なんだよ。」

少《すこ》し身《み》を乗《の》り出《だ》して、先生《せんせい》は言《い》いました。

「健康《けんこう》？」


から心臓《しんぞう》を守《まも》るために胸《むね》の毛《け》は残《のこ》し、泳《およ》ぎやすいように顔《かお》や足《あし》はカットしたのです。

日本《にほん》では、社会《しゃかい》が豊《ゆた》かになった昭和《しょうわ》30年《ねん》ごろから、犬《いぬ》の毛《け》をカットするようになり、それにともなってお風呂《ふろ》に入《い》れるようになりました。

「そう、健康《けんこう》のためにお風呂《ふろ》はいいんだ。ひふ病《びょう》の予防《よぼう》にもなるし、血のめぐりが良《よ》くなると病気《びょうき》にもかかりにくくなる。からだも心《こころ》もリラックスするしね。」

「でもそれは、人間《にんげん》の話《はなし》でしょ？」

強《つよ》い声《こえ》で、つる子《こ》さんは言《い》い返《かえ》しました。

「いや、犬《いぬ》だって同《おな》じだよ。ひふ病《びょう》にかんしては毛《け》が多《おお》い分《ぶん》、人間《にんげん》よりむしろ犬《いぬ》のほうがお風呂《ふろ》は必要《ひつよう》かもしれない。」

つる子《こ》さんのなっとくできないという表情《ひょうじょう》を見《み》て、先生《せんせい》は話《はなし》を続《つづ》けます。

「たしかに犬《いぬ》をお風呂《ふろ》に入《い》れるなんて、今《いま》までは考《かんが》えられなかったかもしれない。でもね、これからの新《あたら》しい社会《しゃかい》では、あたりまえになると思《おも》うよ。だって、犬《いぬ》だって人間《にんげん》と同《おな》じようにお風呂《ふろ》が必要《ひつよう》なんだから。今《いま》の犬《いぬ》は番犬《ばんけん》にすぎないかもしれない。でもこれからは、もっと身近《みぢか》な友《とも》だちのような存在《そんざい》になると思《おも》うんだ。そうなったら、家《いえ》の中《なか》でかうようになるかもしれないし、お風呂《ふろ》だってあたりまえになるよ、きっと。」

つる子《こ》さんは、わかったようなわからないような顔《かお》をしています。

「わしは今《いま》まで七ひきの犬《いぬ》をかってきた。その七ひきで勉強《べんきょう》したことをハチに注《そそ》ぎたいんだ。集大成《しゅうたいせい》ってやつだな。わははは」

声《こえ》を出《だ》して先生《せんせい》は笑《わら》いました。

「集大成《しゅうたいせい》って、もう死《し》ぬみたいなこと言《い》わないでよ。いやな、おとうさん。」

つる子《こ》さんは、ぷいっと自分《じぶん》の部屋《へや》にもどってしまいました。

その後《ご》、上野先生《うえのせんせい》は月《つき》に一回《かい》のペースで、天気《てんき》の良《よ》い日曜日《にちようび》にハチをお風呂《ふろ》に入《い》れました。

先生《せんせい》がハチ専用《せんよう》のたらいを持《も》つと、ハチは「今日《きょう》はお風呂《ふろ》だ」とわかるのか、先生《せんせい》のあとをついてお風呂《ふろ》場《ば》に入《はい》って行《い》きます。

「犬《いぬ》をお風呂《ふろ》に入《い》れるなんて、あの先生《せんせい》、どうかしているわ。」と、近所《きんじょ》では悪《わる》く言《い》う人《ひと》もいました。

しかし先生《せんせい》は、そんなうわさを小耳《こみみ》にはさんでも気《き》にすることはありませんでした。

小耳《こみみ》にはさむ

聞《き》くつもりはないのに、ちらっと聞《き》こえてしまうという意味《いみ》です。

◯使《つか》い方《かた》の例《れい》

「小耳《こみみ》にはさんだところによると、彼《かれ》はアメリカに留学《りゅうがく》するらしい。」

第3章

ハチと病気《びょうき》

どうした？　ハチ、元気《げんき》ないな

植木職人《うえきしょくにん》の菊《きく》さんは、草木《くさき》の手入《てい》れだけでなく、家《いえ》のちょっとした修理《しゅうり》もしていたので、上野先生《うえのせんせい》の家《いえ》には月《つき》に二回《かい》ぐらい顔《かお》を出《だ》しました。

ハチは菊《きく》さんが大好《だいす》きです。

庭《にわ》で仕事《しごと》をしている菊《きく》さんを、自分《じぶん》と遊《あそ》んでいると思《おも》っているのかもしれません。

「おいおい、仕事《しごと》のじゃまをしないでくれよ、ハチ。」

足《あし》もとにまとわりついたり、はっぴのすそをかもうとして飛《と》びつくハチに、困《こま》ることも少《すく》なくありません。

ある晴《は》れた日《ひ》の午後《ごご》。いつものように菊《きく》さんは松《まつ》の手入《てい》れをしています。でも、どうしたのでしょう。ハチは近《ちか》よろうともしません。

「どうした？　ハチ、元気《げんき》ないな。もうすぐ春《はる》が来《く》るっていうのに。」

菊《きく》さんは仕事《しごと》の手《て》を休《やす》めて、寝《ね》そべったままのハチの背中《せなか》をなでました。ハチは力《ちから》なく二、三回《かい》しっぽをふるだけです。

「犬《いぬ》のくせに風呂《ふろ》になんかに入《はい》るから、かぜでもひいたのか？」

菊《きく》さんは笑《わら》いながら、ハチの頭《あたま》を軽《かる》くポンとたたくと仕事《しごと》にもどりました。

「じゃ、終《お》わりました！　今日《きょう》はこれで帰《かえ》りますねえ！」

夕方《ゆうがた》になって仕事《しごと》が終《お》わった菊《きく》さんは、家《いえ》の中《なか》に向《む》かってさけびます。

「は〜い！　ごくろうさま！」
お手伝《てつだ》いのおとよさんが、かっぽう着姿《ぎすがた》で出《で》て来《き》て
笑顔《えがお》でお茶《ちゃ》を出《だ》してくれました。おとよさんは、いつ
も笑顔《えがお》です。
「いつもすみませんね。庭《にわ》のそうじまでしてくれて。」
きれいになった庭《にわ》を見《み》て、おとよさんがお礼《れい》を言《い》い
ました。
「いやいや、上野先生《うえのせんせい》にはいつもお世話《せわ》になっている
から、このぐらいなんでもないですよ。」
おとよさんと菊《きく》さんは少《すこ》しの間《あいだ》、世間話《せけんばなし》をしました。
そして、菊《きく》さんはお茶《ちゃ》を飲《の》みながらハチを見《み》ました。

世間話《せけんばなし》
天気《てんき》などのあたりさわりのないちょっとした会話《かいわ》をすることを言《い》います。
また、うわさ話《ばなし》などの雑談《ざつだん》を仲《なか》の良《よ》い人《ひと》とわずかの時間《じかん》することを言《い》うこともあります。

あいかわらず、ハチは元気《げんき》なく寝《ね》そべっています。

「ハチのやつ、なんだか元気《げんき》ないですね。湯《ゆ》ざめでもしたかな。」

いたずらっぽく菊《きく》さんは笑《わら》います。

「シー、ダメ、そんなこと言《い》っちゃ。ハチは先生《せんせい》の集大成《しゅうたいせい》なんだから。」

おとよさんもいたずらっぽく笑《わら》いました。だけど、これは悪口《わるぐち》ではありません。逆《ぎゃく》に、上野先生《うえのせんせい》に対《たい》するふたりの愛情表現《あいじょうひょうげん》です。

「でも心配《しんぱい》ねえ。一日中《いちにちじゅう》、ご飯《はん》もあまり食《た》べなかったし……」と、おとよさんはひとり言《ごと》のようにつぶやきました。

元気《げんき》なハチは、ちょっとじゃまだと思《おも》うこともありますが、元気《げんき》がないとやっぱり心配《しんぱい》です。

おとよさんと菊《きく》さんは、だまってハチを見《み》つめました。

落《お》ち着《つ》かない先生《せんせい》

「朝《あさ》からハチに元気《げんき》がありませんが……」

仕事《しごと》から帰《かえ》って来《き》た上野先生《うえのせんせい》に、おとよさんはすぐに知《し》らせました。

先生《せんせい》は上着《うわぎ》をおとよさんにわたすと、あわててハチのようすを見《み》ます。

先生《せんせい》の顔《かお》を見《み》るとはしゃぐハチが、ぐったり横《よこ》になったまま動《うご》こうとしません。

「朝《あさ》からずっとこんな感《かん》じか。これはいかん。おとよ、獣医《じゅうい》さんを呼《よ》んでくれ。」

おとよさんは獣医《じゅうい》さんに電話《でんわ》をしました。

「すぐに来《き》てくれるようです。」と、おとよさんが伝《つた》えると、先生《せんせい》は「そうか。」

と返事《へんじ》はしたものの、以前《いぜん》かわいがった犬《いぬ》が早《はや》く亡《な》くなっているので「今回《こんかい》もまたそうなったら」と心配《しんぱい》で落《お》ち着《つ》きません。

「先生《せんせい》、お食事《しょくじ》はどうなさいますか？」と、おとよさんが聞《き》きましたが、「うん、あとにする。ハチのほうが先《さき》だ。」と答《こた》えました。

いつもどっしりかまえている先生《せんせい》が、めずらしくそわそわしています。

こんな先生《せんせい》を見《み》るのは、八重夫人《やえふじん》もはじめてです。

「あなた、落《お》ち着《つ》いて。獣医《じゅうい》さんにお任《まか》せしましょう。」

八重夫人《やえふじん》は、ハチよりも先生《せんせい》のほうが心配《しんぱい》になってしまいました。

獣医《じゅうい》（正《ただ》しくは獣医師《じゅういし》）

日本《にほん》では西洋《せいよう》の影響《えいきょう》を受《う》けて、牛《うし》やブタを食用《しょくよう》にするようになった明治《めいじ》時代《じだい》から獣医《じゅうい》の仕事《しごと》が広《ひろ》がりました。

獣医《じゅうい》になるには、大学《だいがく》の獣医学部《じゅういがくぶ》を卒業《そつぎょう》して、国家試験《こっかしけん》に合格《ごうかく》しなければなりません。

現在《げんざい》日本《にほん》には、約《やく》4万《まん》人《にん》の獣医《じゅうい》がいます。

診察《しんさつ》してもらうハチ

「どうやら、おなかが弱《よわ》いようですな。」

聴診器《ちょうしんき》を耳《みみ》からはずしながら獣医《じゅうい》さんは、そう診断《しんだん》しました。

「どうしたらいいでしょう？」

上野家全員《うえのけぜんいん》が集《あつ》まるなか、先生《せんせい》が代表《だいひょう》するように聞《き》きました。

ハチはあいかわらず元気《げんき》なくふせっています。目《め》に力《ちから》が感《かん》じられません。

「まだ原因《げんいん》はわかりません。二、三日《にち》、ようすをみましょう。」

みんなは獣医《じゅうい》さんの説明《せつめい》を真剣《しんけん》に聞《き》いています。

「食《た》べ物《もの》ですが、骨《ほね》や消化《しょうか》しにくい物《もの》、油《あぶら》っぽい物《もの》、レバーや牛乳《ぎゅうにゅう》などおなかをくだしやすい物《もの》は、しばらくやめてください。」

「人間《にんげん》と同《おな》じですね。」と、才《さい》ちゃんが言《い》いました。

「そうですね。おなかが弱《よわ》い子《こ》どもと同《おな》じだと思《おも》って食《た》べ物《もの》を考《かんが》えてください。お米《こめ》を中心《ちゅうしん》にすればだいじょうぶだと思《おも》います。時間《じかん》と回数《かいすう》を決《き》めることも忘《わす》れないでくださいね。」

「でも、犬《いぬ》ってそんなに弱《よわ》いのかしら？　もともと野生《やせい》の動物《どうぶつ》ですよね。」

つる子《こ》さんが質問《しつもん》しました。

「野生《やせい》で生活《せいかつ》している犬《いぬ》は自分《じぶん》で食《た》べ物《もの》をえらべます。でも、かい犬《いぬ》は出《だ》された物《もの》を食《た》べるしかありません。だから、かい主《ぬし》が食《た》べる物《もの》をえらんであげる必要《ひつよう》があるわけです。」

「なるほど。」と、みんなは口々《くちぐち》につぶやきました。

「それと、母犬《ははいぬ》からはなされて生活《せいかつ》すると、本来《ほんらい》、母乳《ぼにゅう》から受《う》け取《と》る病気《びょうき》から守《まも》る力《ちから》や回復力《かいふくりょく》が不足《ふそく》することがあります。」

「なるほど。」と、またみんなは口々《くちぐち》につぶやきました。

「運動不足《うんどうぶそく》が原因《げんいん》になることもありますよ。散歩《さんぽ》は？」

「庭《にわ》では遊《あそ》ばせていますが、散歩《さんぽ》はまだ早《はや》いと思《おも》って。」

上野先生《うえのせんせい》が答《こた》えました。

「生後《せいご》、どのぐらいでしょう？」

「四ヵ月《げつ》をすぎたところです。」

「そうですか。人間《にんげん》でいえば五、六歳《さい》です。五、六歳《さい》の人間《にんげん》の子《こ》どもといえば、近所《きんじょ》の友《とも》だちと野原《のはら》を走《はし》り回《まわ》って遊《あそ》びはじめる年《とし》ごろですよね。犬《いぬ》も同《おな》じです。もう少《すこ》しあたたかくなったら散歩《さんぽ》をしてもいいでしょう。広《ひろ》いお庭《にわ》なので、運動《うんどう》は十分《じゅうぶん》だとしても、外《そと》の音《おと》やにおいが気《き》になって、それが原因《げんいん》でおなかが弱《よわ》いのかもしれません。それと、これ以上大《いじょうおお》きくなってもお庭《にわ》だけの生活《せいかつ》だと、ほかの犬《いぬ》をこわがったりするようになってしまうこともあります。」

「なるほど。」と、またまた、みんなは口々《くちぐち》につぶやきます。

「秋田《あきた》から来《き》たときとくらべると、ずいぶん大《おお》きくなったものね。もうわたしは抱《だ》きあげられないもの。」と、八重夫人《やえふじん》が言《い》いました。

「秋田犬《あきたいぬ》のオスなので、最終的《さいしゅうてき》に四十キロぐらいになりますよ。」

「四十キロ！　そんなに大《おお》きくなるの!?」

あまりのおどろきに、みんなは大《おお》きな声《こえ》で笑《わら》ってしまいました。

「秋田犬《あきたいぬ》は子犬《こいぬ》のときから落《お》ち着《つ》きがあって、かい主《ぬし》の言《い》うことをよく聞《き》きます。ただ、闘犬《とうけん》としての性格《せいかく》もあるので、しっかりしつける必要《ひつよう》があります。」

獣医《じゅうい》さんは秋田犬《あきたいぬ》の性格《せいかく》を教《おし》えてくれました。

「あまえてくるけど、たしかに子犬《こいぬ》にしてはすなおで落《お》ち着《つ》いているわ。」と、つる子《こ》さんが言《い》いました。

「ひふ炎《えん》になることがあるので、こまめにブラシで毛《け》の手入《てい》れをしてあげてください。抜《ぬ》けた毛《け》を取《と》りのぞくことが大切《たいせつ》です。では、お大事《だいじ》に。」

そして、獣医《じゅうい》さんは帰《かえ》りのしたくをしながら、「過《か》保護《ほご》と愛情《あいじょう》は違《ちが》います。ここをまちがえると犬《いぬ》がかわいそうです。」と、付《つ》けくわえました。

獣医《じゅうい》さんが帰《かえ》ると、先生《せんせい》はハチの頭《あたま》をひざの上《うえ》に乗《の》せてやさしくなでました。

過保護《かほご》
子《こ》どもが自分《じぶん》でできることまで、親《おや》が必要以上《ひつよういじょう》に世話《せわ》をすることを言《い》います。
過保護《かほご》で育《そだ》った子《こ》どもは、人《ひと》にたよる性格《せいかく》、神《しん》経質《けいしつ》な性格《せいかく》、集団生活《しゅうだんせいかつ》になじめない性格《せいかく》などになることがあると言《い》われています。

「いやあ、獣医《じゅうい》さんの話《はなし》はまさに医学《いがく》ですね。犬《いぬ》なんかほっとけば治《なお》るなんて言《い》っていられません。」

才《さい》ちゃんはそう言《い》いながら、ハチの背中《せなか》のあたりをなでました。

先生《せんせい》は才《さい》ちゃんの感想《かんそう》に、「そうだな」という表情《ひょうじょう》でうなずきました。

そして、「わしも若《わか》いころは病気《びょうき》がちで、ずいぶんお医者《いしゃ》さんのお世話《せわ》になったもんだ。だからハチのつらさがわかるんだよ。」と言《い》いました。

翌日《よくじつ》、ハチの体調《たいちょう》はすっかり良《よ》くなりました。

その後《ご》も何回《なんかい》かおなかをこわすことはありましたが、牛乳《ぎゅうにゅう》をやめるなど、おとよさんと才《さい》ちゃんが気《き》をつけたので、夏《なつ》になるころには病気《びょうき》をしない強《つよ》い犬《いぬ》に成《せい》長《ちょう》しました。

第4章

大人《おとな》になるための経験《けいけん》

はじめての散歩《さんぽ》

「よし、ハチ、今日《きょう》はおまえがはじめて散歩《さんぽ》をする記念《きねん》すべき日《ひ》だ。」

上野先生《うえのせんせい》はハチの首《くび》に赤《あか》い首輪《くびわ》をつけて、リードをつなげました。はじめての首輪《くびわ》に、ハチはいやがることもなくおとなしくしています。先生《せんせい》がすることなら、はじめてのことでも不安《ふあん》になりません。

門《もん》を出《で》ると、広《ひろ》い道《みち》が左右《さゆう》にのびています。

先生《せんせい》は右《みぎ》の方向《ほうこう》に歩《ある》き出《だ》しました。背《せ》の高《たか》い上野先生《うえのせんせい》は、足《あし》も長《なが》いのでゆっくり歩《ある》いても一歩《ぽ》に幅《はば》があります。小《ちい》さいハチは、ちょこちょこと足《あし》を動《うご》かして遅《おく》れまいとけんめいです。

「ほら、ハチ、外《そと》は広《ひろ》いだろう？　風《かぜ》も気持《きも》ちいいなあ。」

先生《せんせい》はハチに話《はな》しかけながら歩《ある》きました。

ところで、九十年《ねん》も昔《むかし》の渋谷《しぶや》は、どういう町《まち》だったのでしょう。

まず、ほとんどジャリ道《みち》です。ほそう道路《どうろ》はあまりありません。

上野先生《うえのせんせい》の家《いえ》は、今《いま》では大《おお》きなビルが並《なら》ぶようなところにありますが、このころは田《た》んぼや畑《はたけ》、野原《のはら》がいっぱいありました。

ほそう道路《どうろ》
日本《にほん》で道路《どうろ》のほそうが行《おこな》われるようになったのは、明治《めいじ》36年《ねん》（1903年《ねん》）ごろからです。
初《はじ》めて日本《にほん》に自動車《じどうしゃ》が輸入《ゆにゅう》されたのが、明治《めいじ》31年《ねん》（1898年《ねん》）で、その後《ご》、日本《にほん》の自動車産業《じどうしゃさんぎょう》が活発《かっぱつ》になって、それにともなって道《みち》もほそうされるようになりました。

「たんぽぽが、きれいにさいてるね。ハチはたんぽぽを見《み》るのはじめてだろ?」

道《みち》と畑《はたけ》をへだてる土手《どて》にさくたんぽぽをながめながら、先生《せんせい》とハチが歩《ある》いていると、向《む》こうから身《き》なりのきちんとした小太《こぶと》りの若《わか》い紳士《しんし》がやって来《き》ました。

背《せ》は高《たか》くありませんが、吊《つ》りバンドでズボンをとめて、一目《ひとめ》で高《たか》い地位《ちい》についていることがわかります。

紳士《しんし》も犬《いぬ》の散歩《さんぽ》をしていました。

上野先生《うえのせんせい》は、ハチがほかの犬《いぬ》と友《とも》だちになるいい機会《きかい》だと思《おも》いました。

「お散歩《さんぽ》ですか?　良《よ》い天気《てんき》ですね。」

先生《せんせい》が声《こえ》をかけると、紳士《しんし》は口《くち》もとに笑《え》みを浮《う》かべて足《あし》を止《と》めました。

「風《かぜ》も心地《ここち》いいし、もうすっかり春《はる》ですね。」

そう言《い》いながら紳士《しんし》は、青《あお》くすみわたる空《そら》を見上《みあ》げました。

「うちのチビは、今日《きょう》がはじめての散歩《さんぽ》なんです。」

先生《せんせい》は、ハチに視線《しせん》を落《お》としました。

「おお、そうでしたか？　それにしては落《お》ち着《つ》いていますね。」

紳士《しんし》は顔全体《かおぜんたい》にほほ笑《え》みを浮《う》かべてハチを見《み》て、「しっぽがくるっと巻《ま》いて、かわいい。秋田犬《あきたいぬ》ですか？」と聞《き》きました。

「はい、そうです。」と、先生《せんせい》は答《こた》えました。

「いやあ、うらやましいなあ。うちのはただの雑種《ざっしゅ》です。」

「いやいや、大《おお》きくてりっぱです。茶色《ちゃいろ》の毛《け》なみがとてもきれいだ。」

その大《おお》きな犬《いぬ》は、ハチのからだのにおいをかぎはじめました。犬同士《いぬどうし》のあいさつです。ハチも相手《あいて》のにおいをかぎました。

今日《きょう》の散歩《さんぽ》のいちばんの目的《もくてき》が、ほかの犬《いぬ》に対《たい》してハチがどういう行動《こうどう》をとるかということでした。こわがるようすがないハチを見《み》て、先生《せんせい》はとてもうれしく思《おも》いました。

「では、また。」

若《わか》い紳士《しんし》と先生《せんせい》はおたがいに会釈《えしゃく》をして、それぞれの方向《ほうこう》にゆっくり歩《ある》き出《だ》しました。

ハチの散歩《さんぽ》と子《こ》どもたち

この日《ひ》からハチの散歩《さんぽ》がはじまりました。才《さい》ちゃんが散歩《さんぽ》の係《かかり》です。毎日午後《まいにちごご》になると、才《さい》ちゃんはハチを連《つ》れて三十分《ぶん》ぐらい歩《ある》きました。

会釈《えしゃく》
軽《かる》く頭《あたま》をさげるあいさつです。相手《あいて》にお礼《れい》や親《した》しみの気持《きも》ちを伝《つた》えるために行《おこな》います。

練兵場《れんぺいじょう》
兵隊《へいたい》が訓練《くんれん》をする場所《ばしょ》を練兵場《れんぺいじょう》と言《い》います。代々木練兵場《よよぎれんぺいじょう》は、明治《めいじ》42年《ねん》（1909年《ねん》）に陸《りく》軍《ぐん》の訓練場《くんれんじょう》として、現在《げんざい》散《さん》歩《ぽ》コースは、そのときの才《さい》ちゃんの気《き》分《ぶん》で決《き》めましたが、ハチは代《よ》々《よ》木《ぎ》にある陸《りく》軍《ぐん》の練《れん》兵《ぺい》場《じょう》まで行《い》って帰《かえ》って来《く》るコースがお気《き》に入《い》りです。

どうしてハチがこのコースが好《す》きかというと、練《れん》兵《ぺい》場《じょう》のあたりは子《こ》どもたちの遊《あそ》び場《ば》になっていて、ハチが来《く》るとかわいがってくれたからです。

このような経《けい》験《けん》を積《つ》んで、ハチは知《し》らない犬《いぬ》や人《ひと》と仲《なか》よくできるようになりました。

先《せん》生《せい》は、休《や》みの日《ひ》の朝《あさ》にハチを散《さん》歩《ぽ》に連《つ》れて行《い》きました。

の代《よ》々《よ》木《ぎ》公《こう》園《えん》とその周《しゅう》辺《へん》につくられました。

代《よ》々《よ》木《ぎ》練《れん》兵《ぺい》場《じょう》は、第《だい》二《に》次《じ》世《せ》界《かい》大《たい》戦《せん》の敗《はい》戦《せん》後《ご》、アメリカ軍《ぐん》の兵《へい》隊《たい》が住《す》むワシントンハイツと呼《よ》ばれる住《じゅう》宅《たく》地《ち》になりました。

その後《ご》、この場《ば》所《しょ》には昭《しょう》和《わ》39年《ねん》(1964年《ねん》)の東《とう》京《きょう》オリンピックの選《せん》手《しゅ》村《むら》と代《よ》々《よ》木《ぎ》競《きょう》技《ぎ》場《じょう》、NHK放《ほう》送《そう》センターなどがつくられました。

先生《せんせい》は散歩《さんぽ》でもリードを使《つか》いません。それでもハチは、はしゃいで走《はし》り出《だ》すこともなく、先生《せんせい》の半歩《はんぽ》うしろをついて歩《ある》きました。先生《せんせい》が立《た》ち止《ど》まるとハチも止《と》まり、先生《せんせい》が歩《ある》き出《だ》すとハチも歩《ある》き出《だ》すというように、先生《せんせい》とハチのチームワークはばつぐんです。先生《せんせい》が散歩《さんぽ》そのものを楽《たの》しんでいるので、自然《しぜん》とハチも楽《たの》しくなるという感《かん》じでした。

はじめての散歩《さんぽ》のときに出会《であ》った紳士《しんし》と、たまにばったり会《あ》うこともありました。そのたびにハチは大《おお》きな犬《いぬ》と仲《なか》よくしました。

お花見《はなみ》の準備《じゅんび》

上野先生《うえのせんせい》は、この時代《じだい》のえらい人《ひと》にしてはめずらしく、いばったところがありません。

まして先生《せんせい》の授業《じゅぎょう》は、おもしろくてわかりやすかったので人気《にんき》があり、卒業《そつぎょう》したあとも先生《せんせい》と交流《こうりゅう》をもつ学生《がくせい》がたくさんいました。

「ちょうど次《つぎ》の日曜日《にちようび》に見《み》ごろになるでしょうね。天気《てんき》が良《よ》ければいいけど。」

庭《にわ》の桜《さくら》を見《み》ながら、八重夫人《やえふじん》が言《い》いました。

上野先生《うえのせんせい》の家《いえ》では、卒業《そつぎょう》した教《おし》え子《ご》を集《あつ》めてお花見《はなみ》をするのが恒例《こうれい》になっていました。一年《いちねん》に一度《いちど》、全国《ぜんこく》にいる卒業生《そつぎょうせい》が集《あつ》まる貴重《きちょう》な機会《きかい》です。

「そうだな。日曜日《にちようび》あたりが満開《まんかい》だろうな。」

ハチは先生《せんせい》にブラシをかけてもらって、気持《きも》ち良《よ》さそうに目《め》をとじて身《み》を任《まか》せています。

そして、お花見《はなみ》の朝《あさ》がやって来《き》ました。

おとよさんと才《さい》ちゃん、そして植木職人《うえきしょくにん》の菊《きく》さんが、昨日《きのう》から用意《ようい》していたので準備万端《じゅんびばんたん》です。

自分《じぶん》が庭《にわ》や桜《さくら》の手入《てい》れをしていることもあって、このお花見《はなみ》では菊《きく》さんがだれよりもはりきります。

広《ひろ》い庭《にわ》に並《なら》べられたいくつものテーブルの上《うえ》には、ごちそうと飲《の》み物《もの》がたくさん用意《ようい》されています。

すき焼《や》き、さしみ、すし、おでんなどのおなかにたまる料理《りょうり》を中心《ちゅうしん》に、煮物《にもの》やてんぷら、やき魚《ざかな》、のり巻《まき》、いなりずし、たまご焼《や》きなどちょっとつまめる料理《りょうり》。

準備万端《じゅんびばんたん》
準備《じゅんび》がととのっているという意味《いみ》です。

だんごやせんべいなどのおかし、いちごなどのくだものも盛《も》りつけられています。

そして、毎年《まいとし》、菊《きく》さんがこだわるのがやき鳥《とり》です。

「宴会《えんかい》の主役《しゅやく》はなんといっても、やき鳥《とり》だからな。」

これが菊《きく》さんの口《くち》ぐせでした。

はじめてのお花見《はなみ》とやき鳥《とり》

「ごぶさたしていま～す！」

「おじゃましま～す！」

「おはようございま～す！」

朝《あさ》の十時《じ》になると、ぽつりぽつりと卒業生《そつぎょうせい》が集《あつ》まり出《だ》します。みんなは元気《げんき》にあいさつをしながら庭《にわ》に入《はい》って来《き》ます。

「いやあ、今年《ことし》もきれいだなあ。」

満開《まんかい》の桜《さくら》は人《ひと》を笑顔《えがお》にします。上野先生《うえのせんせい》は、卒業生《そつぎょうせい》のこの笑顔《えがお》を一年間楽《いちねんかんたの》しみにしているのです。

天気《てんき》が良《よ》くて、ごちそうのいいにおいがして、知《し》らない人がいっぱいいて、ハチはこうふんして庭《にわ》の中《なか》をぐるぐる走《はし》り回《まわ》ります。

「丸《まる》い目《め》が、ちょっとつり目《め》でかわいいわ。」

「元気《げんき》なワンちゃんだ。あいかわらず先生《せんせい》は犬《いぬ》が好《す》きなんですね。」

ハチは卒業生《そつぎょうせい》の注目《ちゅうもく》の的《まと》です。

「そうだな。あいかわらずの犬好《いぬず》きだ。死《し》んでも治《なお》らないってやつだな。ハチにとっては、はじめてのお花見《はなみ》だもんな。こうふんするよな。」と言《い》って、先生《せんせい》はハチにほおずりをしました。

こうしているうちに、どんどん集《あつ》まって来《き》て、広《ひろ》い庭《にわ》は卒業生《そつぎょうせい》でいっぱいです。

五十人《にん》はいるでしょうか。

集《あつ》まった卒業生《そつぎょうせい》たちは、思《おも》い出話《でばなし》にもりあがったり、上野先生《うえのせんせい》にあいさつをしたり、みんな楽《たの》しそうです。

「ワンちゃん、たまご焼《や》きは好《す》きかな？」

いろいろな人《ひと》が、ごちそうのかけらをハチに食《た》べさせてくれました。ハチにとってはじめて食《た》べる物《もの》もあります。

じまんの巻《ま》き尾《お》を大《おお》きくふって、ハチはうれしさを卒業生《そつぎょうせい》に伝《つた》えます。

「おい、ハチ、いっぱい食《た》べて満足《まんぞく》そうだな。」

お酒《さけ》が入《はい》っていい気分《きぶん》になった菊《きく》さんが、ハチに話《はな》しかけます。

「これ、食《た》べたか？」

菊《きく》さんは串《くし》からやき鳥《とり》をはずすと、ハチの口《くち》もとに近《ちか》づけました。

クンクンとにおいをかぐと、ハチはぱくりとやき鳥《とり》をひとくちで食《た》べました。

食《た》べ終《お》わると、前足《まえあし》を菊《きく》さんのひざに乗《の》せました。鼻先《はなさき》をぴくぴくさせて、「もっとちょうだい」とアピールします。ハチとしてはめずらしい行動《こうどう》です。はじめて食《た》べたやき鳥《とり》が、よっぽどおいしかったのでしょう。

「おいおい、重《おも》いよ。おまえはもう子《こ》どもじゃないんだから。」

そう言《い》うと、菊《きく》さんはもうひとつ食《た》べさせました。

「どうだ、うまいだろ？　なんといっても、日本一《にほんいち》うまい食《た》べ物《もの》だからな。わははは」

おいしそうに食《た》べるハチを見《み》て、菊《きく》さんは満足《まんぞく》そうに笑《わら》いました。

楽《たの》しいお花見《はなみ》にも、終《お》わりの時間《じかん》があります。

「ではみなさん！　お手《て》をはいしゃく！　上野先生《うえのせんせい》と卒業生全員《そつぎょうせいぜんいん》で、三・三・七びょうし！」

〝シャン、シャン、シャン、シャン〟

手《て》びょうしのいい音《おと》が桜《さくら》の下《した》にひびいて、今年《ことし》のお花見《はなみ》は幕《まく》を閉《と》じました。

第5章

上《うえ》野《の》先《せん》生《せい》を送《おく》り迎《むか》え

上野先生《うえのせんせい》の提案《ていあん》

梅雨《つゆ》がすぎて、夏《なつ》の日《ひ》ざしになるころ、ハチはこのあたりではいちばん大《おお》きな犬《いぬ》になっていました。もちろん、もうおなかをこわすこともありません。

「やっぱり、散歩《さんぽ》をしたからじょうぶになったんですかねえ。こんなにからだも大《おお》きくなって。」

庭《にわ》でハチにブラシをかけながら、才《さい》ちゃんが上野先生《うえのせんせい》に話《はな》しかけました。ハチは気持《きも》ち良《よ》さそうに目《め》を閉《と》じてふせています。

「うん、そうかもしれないな。大人《おとな》のからだになったから、もっと運動《うんどう》したほうがいいかもしれない。散歩《さんぽ》の回数《かいすう》をふやすとするか。」

先生《せんせい》が提案《ていあん》しました。

「え？　ふやすんですか？」

ハチの散歩《さんぽ》は才《さい》ちゃんの係《かかり》です。これ以上《いじょう》いそがしくなってはたまらないと、才《さい》ちゃんは少《すこ》しいやそうです。

「わははは、だいじょうぶ。きみの仕事《しごと》がふえるようなことはしないから。」

才《さい》ちゃんのいやそうな顔《かお》を見《み》て、先生《せんせい》は笑《わら》いました。

「でもどうするんですか？　ハチは力《ちから》が強《つよ》いから、おとよさんに散歩《さんぽ》は無理《むり》ですよ。引《ひ》っぱられたらケガをしてしまいます。ハチの体重《たいじゅう》は三十キロぐらいあるんですから。」

「うん、わかってる。毎日《まいにち》、きみはわしの送《おく》り迎《むか》えをしてくれているだろ？」

「はい。」

「朝《あさ》は駅《えき》まで送《おく》ってくれて、夕方《ゆうがた》は駅《えき》まで迎《むか》えに来《き》てくれる。」

「はい。」

「それをハチといっしょにやってほしいんだ。」

「なるほど！　そうですね。そうすればハチの散歩《さんぽ》の回数《かいすう》がふえますね。わかりました。」

「仕事《しごと》がふえなくてよかった」という表情《ひょうじょう》で、才《さい》ちゃんは広《ひろ》げた左手《ひだりて》を右手《みぎて》のこぶしで、パチンとたたきました。

才《さい》ちゃんとハチ、先生《せいせい》を駅《えき》まで送《おく》る

そして、次《つぎ》の日《ひ》の朝《あさ》です。

「いってらっしゃいませ。」

門《もん》を背《せ》にして、八重夫人《やえふじん》とおとよさんが上野先生《うえのせんせい》を見送《みおく》ります。

背《せ》の高《たか》い先生《せんせい》は、朝日《あさひ》を浴《あ》びながら堂々《どうどう》と歩《ある》きました。その半歩《はんぽ》うしろを才《さい》ちゃんとハチがおともします。才ちゃんは先生《せんせい》の黒《くろ》い革《かわ》のカバンを持《も》っています。

「尾関《おぜき》、毎日同《まいにちおな》じ道《みち》を歩《ある》くことにしよう。ハチに渋谷駅《しぶやえき》までの道《みち》を覚《おぼ》えさせるんだ。だから駅《えき》から家《いえ》にもどるときも同《おな》じ道《みち》を使《つか》ってくれ。」

「はい。わかりました。」

上野先生《うえのせんせい》の家《いえ》から渋谷駅《しぶやえき》まで歩《ある》いて十分《ぷん》ぐらいです。何回《なんかい》か曲《ま》がるだけなので道順《みちじゅん》はむずかしくありません。けれど、それは人間《にんげん》だから言《い》えることで、才《さい》ちゃんは「〝わかりました〟なんて返事《へんじ》はしたけど、ハチに覚《おぼ》えられるかなあ。」と思《おも》いました。

渋谷駅《しぶやえき》に着《つ》きました。

この時代《じだい》の渋谷駅《しぶやえき》は、今《いま》のようなりっぱなビルではありません。大《おお》きな屋根《やね》がおしゃれな木造《もくぞう》の建物《たてもの》でした。

改札口《かいさつぐち》の前《まえ》で、先生《せんせい》はハチをすわらせてビスケットを与《あた》えました。そして顔《かお》を近《ちか》づけて、頭《あたま》からからだ全体《ぜんたい》をなでました。ハチはうれしそうです。

「じゃ、行《い》ってくる。」と、先生《せんせい》は才《さい》ちゃんに言《い》うと、「それと、明日《あした》からこの送《おく》り迎《むか》えのときはリードを使《つか》うのはやめよう。」と言葉《ことば》を続《つづ》けました。

「はあ、わかりました……」

才《さい》ちゃんは「どうしてリードを使《つか》わないんだろう。」と思《おも》いましたが、朝《あさ》の急《いそ》いでいるときなので、とりあえず「わかりました」と返事《へんじ》をしたのです。

先生《せんせい》は手《て》をふると、さっと背《せ》を向《む》けて改札口《かいさつぐち》の中《なか》に入《はい》って行《い》きました。

「ハチ、帰《かえ》るよ。」

より道《みち》しないで、才《さい》ちゃんとハチは来《き》たときと同《おな》じ道《みち》をもどりました。

才《さい》ちゃんとハチ、先生《せいせい》を迎《むか》えに行《い》く

上野先生《うえのせんせい》には、仕事《しごと》の場所《ばしょ》が四ヵ所《しょ》ありました。

一つ目《め》は、駒場《こまば》というところにある東京帝国大学《とうきょうていこくだいがく》の農学部《のうがくぶ》です。家《いえ》から歩《ある》いて二十分《ぶん》ぐらいのところにありました。農業技術《のうぎょうぎじゅつ》の授業《じゅぎょう》をしました。

二つ目《め》は、本郷《ほんごう》というところにある東京帝国大学《とうきょうていこくだいがく》の農学部《のうがくぶ》です。ここに行《い》くときは渋谷駅《しぶやえき》を使《つか》います。ここでも農業技術《のうぎょうぎじゅつ》の授業《じゅぎょう》をしました。

三つ目《め》は、農事試験場《のうじしけんじょう》です。農事試験場《のうじしけんじょう》は、日本《にほん》の農業《のうぎょう》の研究《けんきゅう》がはじめて行《おこな》われた国《くに》の施設《しせつ》です。今《いま》の東《とう》京《きょう》の北区《きたく》にありました。ここに行《い》くときも渋谷駅《しぶやえき》を使《つか》います。

四つ目《め》は、全国《ぜんこく》の農場《のうじょう》や役所《やくしょ》です。各地《かくち》の役人《やくにん》や農《のう》業《ぎょう》をしている人《ひと》に、新《あたら》しい農業《のうぎょう》技術《ぎじゅつ》を教《おし》えました。とくに関東大震災《かんとうだいしんさい》が起《お》きてからは、その復興《ふっこう》のために泊《と》まりの出張《しゅっちょう》がふえました。

上野《うえの》先生《せんせい》が帰《かえ》って来《く》る時間《じかん》は、夕方《ゆうがた》の五時《じ》ぐらいでした。

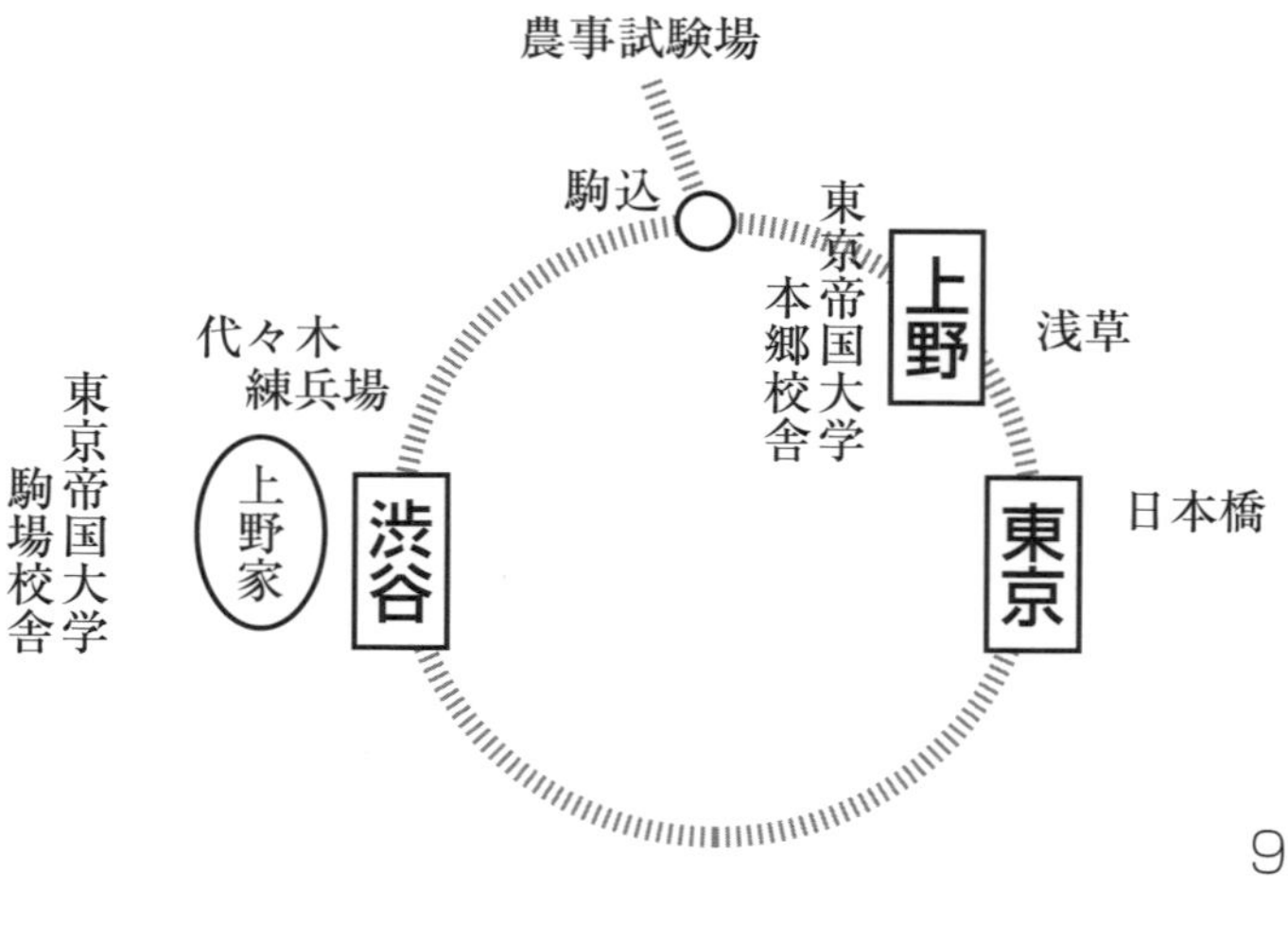

この時間《じかん》に才《さい》ちゃんとハチは、渋谷駅《しぶやえき》にお迎《むか》えに行《い》きます。

改札口《かいさつぐち》の前《まえ》で待《ま》っていると、改札《かいさつ》の向《む》こう側《がわ》に先生《せんせい》の姿《すがた》が小《ちい》さく見《み》えました。

おすわりをしていたハチは、がまんできないとばかりに立《た》ち上《あ》がろうとして、お尻《しり》をぴくぴくさせます。

「ハチ、おすわり。ここで待《ま》ちなさい。」

才《さい》ちゃんはハチのからだを軽《かる》くおさえて落《お》ち着《つ》かせます。

先生《せんせい》は改札口《かいさつぐち》を出《で》ると、まっすぐこちらに向《む》かって来《き》ます。

「尾関《おぜき》、ハチ。ただいま。」

朝《あさ》と同《おな》じように、先生《せんせい》はハチにビスケットを与《あた》えて、顔《かお》を近《ちか》づけてからだ全体《ぜんたい》をなでました。もちろん、ハチはとてもうれしそうです。

才《さい》ちゃんとハチ、先生《せんせい》を駒場《こまば》まで送《おく》る

今日《きょう》は、駒場《こまば》にある大学《だいがく》の授業《じゅぎょう》の日《ひ》です。

上野先生《うえのせんせい》と才《さい》ちゃん、そしてハチは渋谷駅《しぶやえき》とは反対《はんたい》の方向《ほうこう》に歩《ある》いて行《い》きます。

「初夏《しょか》の朝《あさ》の光《ひかり》がまぶしくて、気持《きも》ちいいですね。」

才《さい》ちゃんが先生《せんせい》に話《はな》しかけました。

先生《せんせい》は、「そうだな」というようにうなずきながら、「尾関《おぜき》、きみは将来《しょうらい》どうするつもりかね?」と、おだやかな声《こえ》で聞《き》きました。

「はい。先生《せんせい》と同《おな》じように農業《のうぎょう》の研究《けんきゅう》をしたいと思《おも》っています。」

急《きゅう》に質問《しつもん》されておどろいたものの、才《さい》ちゃんはしっかり答《こた》えました。

「そうか。わしのところに来《き》たときと、変《か》わりはないようだな。初志貫徹《しょしかんてつ》か？」

「はい。初心《しょしん》をつらぬきたいと考《かんが》えております。」

勉強《べんきょう》の話題《わだい》になると、やっぱり先生《せんせい》と生徒《せいと》です。才《さい》ちゃんの言葉《ことば》は、いつもよりあらたまったものになります。

「核家族《かくかぞく》という言葉《ことば》を知《し》っているか？」と、先生《せんせい》は質問《しつもん》しました。

「はい。一組《ひとくみ》の夫婦《ふうふ》とその子《こ》どもという少《すく》ない人数《にんずう》の家族《かぞく》のことです。」

「うん、そうだ。今《いま》の日本《にほん》は核家族《かくかぞく》が五十パーセント

初志貫徹《しょしかんてつ》
　はじめに決《き》めたことを最後《さいご》までやり通《とお》すという意味《いみ》です。「初志《しょし》」は思《おも》い立《た》ったときの気持《きも》ちという意味《いみ》で、「貫徹《かんてつ》」はやり通《とお》すという意味《いみ》です。

をこえている。」

「はい。新聞《しんぶん》で読《よ》みました。」

「今後《こんご》、もっとふえるだろう。核家族《かくかぞく》がふえると、江戸時代《えどじだい》から受《う》けつがれて来《き》た日本《にほん》の良《よ》いところが、どんどんなくなってしまう。」と、先生《せんせい》は言《い》いました。

「はい。そういう意見《いけん》の本《ほん》を読《よ》んだことがあります。」

「人《ひと》と人《ひと》のつながりもなくなっていくだろう。人《ひと》は、いろいろな人間《にんげん》とくらすことで〝つながり〟を学《まな》ぶものだ。核家族《かくかぞく》では、それが学《まな》べないので〝つながり〟を苦手《にがて》とする者《もの》がふえる。」

「つながりがなくなると、日本《にほん》はどうなるのでしょう?」

才《さい》ちゃんは、あらたまった声《こえ》で質問《しつもん》しました。

「農業《のうぎょう》も変《か》わるだろうな。」と、先生《せんせい》はしずかに答《こた》えました。

「核家族《かくかぞく》と農業《のうぎょう》の関係《かんけい》というのは、どういうものなのでしょう？」

「家《いえ》の仕事《しごと》をつぐ者《もの》がいなくなる。これも核家族《かくかぞく》の問題点《もんだいてん》だ。ようするに、農家《のうか》の子《こ》どもが農業《のうぎょう》をやらなくなって、農業人口《のうぎょうじんこう》が少《すく》なくなるから、今《いま》までのやり方《かた》が通用《つうよう》しなくなるということだ。」

先生《せんせい》はここで話《はなし》を切《き》ると、少《すこ》し間《ま》をあけて、「わしの世代《せだい》は、古《ふる》い社会《しゃかい》と核家族《かくかぞく》の新《あたら》しい社会《しゃかい》の橋《はし》わたしにすぎない。新《あたら》しい社会《しゃかい》の農業《のうぎょう》をつくっていくのは、尾関《おぜき》、きみたちのような次《つぎ》の世代《せだい》だ。」とつなげました。

〝新《あたら》しい社会《しゃかい》の農業《のうぎょう》をつくる〟という言葉《ことば》に緊張《きんちょう》して、

世代《せだい》
1 年《とし》が近《ちか》くて、似《に》た考《かんが》え方《かた》や感《かん》じ方《かた》をもつ人同士《ひとどうし》を言《い》います。（同世代《どうせだい》）
2 親《おや》と子《こ》、子《こ》と孫《まご》というようなそれぞれの代《だい》を言《い》います。（自分《じぶん》の世代《せだい》）
約《やく》30年《ねん》をひとつの世代《せだい》と考《かんが》えます。よって、親《おや》とその子《こ》どもは違《ちが》う世代《せだい》ということになります。

才《さい》ちゃんは返事《へんじ》ができませんでした。

才《さい》ちゃんがだまっていると、上野先生《うえのせんせい》はハチをちらっと見《み》て、「つながりということで言《い》えば、人間《にんげん》も犬《いぬ》も同《おな》じだよ。」と言《い》いました。

「え？　犬《いぬ》!?」

急《きゅう》に話《はなし》が変《か》わったので、才《さい》ちゃんはびっくりして聞《き》き返《かえ》しました。

「ハチのように親《おや》からはなされた子犬《こいぬ》は、かい主《ぬし》に相手《あいて》にされないと、人《ひと》とのつながりや犬同士《いぬどうし》のつながりを身《み》につける機会《きかい》を失《うしな》ってしまう。生《う》まれて一年間《ねんかん》は、かい主《ぬし》は親犬《おやいぬ》の気持《きも》ちで世話《せわ》をしてあげなくてならないんだよ。」

「はあ……。」

才《さい》ちゃんはあいまいに返事《へんじ》をしました。〝犬《いぬ》がつながりを身《み》につける〟〝親犬《おやいぬ》の気持《きも》ちで世話《せわ》をする〟ということが、才《さい》ちゃんにはぴんと来《こ》ないのです。

「かい主《ぬし》に相手《あいて》にされないと、むやみにほえたり、ほかの犬《いぬ》にかみついたりするようになってしまう。そういう犬《いぬ》を見《み》かけるだろ？」

「はい。けっこう多《おお》いと思《おも》います。」

「わしはそういう犬《いぬ》を見《み》ると、核家族《かくかぞく》で子《こ》どもが育《そだ》つとこうなってしまうのだろうかと考《かんが》えてしまうことがあるんだ。」

つらそうな声《こえ》で、先生《せんせい》はぼそっと言《い》いました。

そして、ふたりはしばらくだまって歩《ある》きました。

才《さい》ちゃんはよく考《かんが》えてから、「先生《せんせい》、はたしてそうでしょうか？　核家族《かくかぞく》でも大家族《だいかぞく》でも同じだと思《おも》います。親《おや》が愛情《あいじょう》を注《そそ》いで子《こ》どもを育《そだ》てれば。」と言《い》いました。才《さい》ちゃんの声《こえ》には力《ちから》がこもっています。

「うん……そうだな……そうだ。尾関《おぜき》の言《い》うとおりだ。ようするに、愛情《あいじょう》の問題《もんだい》だよな。」

自分《じぶん》に言《い》い聞《き》かせるように、先生《せんせい》は返事《へんじ》をしました。

レンガ造《づく》りの大学《だいがく》の校舎《こうしゃ》が見《み》えてきました。

門《もん》の前《まえ》で、先生《せんせい》はハチをすわらせてビスケットを与《あた》えました。そしてからだ全《ぜん》体《たい》をなでました。ハチはしっぽをふってうれしさを表現《ひょうげん》します。

「じゃ、行《い》ってくる。」

先生《せんせい》は手《て》をふると、さっと背《せ》を向《む》けて大学《だいがく》の門《もん》の中《なか》に入《はい》って行《い》きました。

送《おく》り迎《むか》えの流《なが》れを覚《おぼ》えさせるために、先生《せんせい》は渋谷駅《しぶやえき》と同《おな》じ行動《こうどう》をとったのです。

先生《せんせい》のうしろ姿《すがた》が見《み》えなくなるまで、ハチはしっぽをふりました。

「ハチ、帰《かえ》るよ。」

才《さい》ちゃんとハチは、来《き》たときと同《おな》じ道《みち》をもどります。

帰《かえ》り道《みち》。才《さい》ちゃんは先生《せんせい》の話《はなし》を思《おも》い出《だ》して、自分《じぶん》なりにいろいろ考《かんが》えてみました。

そして、高《たか》い地位《ちい》に安住《あんじゅう》することなく、いつもなにかに疑問《ぎもん》を感《かん》じて、考《かんが》えをめぐらせている上野先生《うえのせんせい》に、才《さい》ちゃんは「すごいなあ。」と思《おも》い、あらためて尊敬《そんけい》してしまいました。

秋《あき》になり、ハチも成犬《せいけん》に

このようにして、才《さい》ちゃんとハチの送《おく》り迎《むか》えは毎日《まいにち》

安住《あんじゅう》
１　安心《あんしん》して、そこに住《す》むことを言《い》います。
２　現在《げんざい》の立場《たちば》より上《うえ》を望《のぞ》まずに満足《まんぞく》していることを言《い》います。

成犬《せいけん》
　成長《せいちょう》した犬《いぬ》のことです。犬種《けんしゅ》やからだの大《おお》きさで違《ちが》いはありますが、目安《めやす》として、生《う》まれて９ヵ月《げつ》ほどで成犬《せいけん》になります。

続《つづ》き、気《き》がつけば季節《きせつ》は秋《あき》になっていました。

ますますハチは大《おお》きくなって、人間《にんげん》で言《い》えば青年《せいねん》という感《かん》じです。耳《みみ》がぴんと立《た》って足《あし》と首《くび》が太《ふと》く、しっぽが巻《ま》き毛《げ》のりっぱな秋田犬《あきたいぬ》に成長《せいちょう》しました。

大《おお》きい犬《いぬ》なので、こわがる人《ひと》もいますが、あいきょうのある顔《かお》とおっとりした性格《せいかく》がわかれば、こわいと言《い》う人《ひと》はいません。

「ハチと送《おく》り迎《むか》えをするようになって、才《さい》ちゃんも自信《じしん》がでてきたというのかしら、顔《かお》つきがしっかりしたみたいですね。」

青年《せいねん》
14、15歳《さい》から24、25歳《さい》ぐらいまでの青春期《せいしゅんき》の男女《だんじょ》を言《い》います（とくに男《おとこ》に使《つか》うことが多《おお》い）。「青年実業家《せいねんじつぎょうか》」というように、若《わか》さを強調《きょうちょう》する場合《ばあい》には30代《だい》にも使《つか》います。

ある日《ひ》、八重夫人《やえふじん》が上野先生《うえのせんせい》に言《い》いました。先生《せんせい》と才《さい》ちゃんは送《おく》り迎《むか》えのときに、いろいろな話《はなし》をしました。

学問以外《がくもんいがい》に、将来《しょうらい》の日本《にほん》や世界情勢《せかいじょうせい》、人生《じんせい》についても語《かた》り合《あ》いました。才《さい》ちゃんにとって、とても勉強《べんきょう》になる大切《たいせつ》な時間《じかん》です。

このような会話《かいわ》をつうじて、才《さい》ちゃんはいろいろなことを真剣《しんけん》に深《ふか》く考《かんが》えました。それが才《さい》ちゃんを成長《せいちょう》させて、顔《かお》つきにあらわれたのでしょう。

八重夫人《やえふじん》の感想《かんそう》を聞《き》いて、「そろそろ尾関《おぜき》は、送《おく》り迎《むか》えから卒業《そつぎょう》する時期《じき》だな。」と先生《せんせい》は思《おも》いました。

世界情勢《せかいじょうせい》

世界《せかい》の経済《けいざい》や政治《せいじ》などの現状《げんじょう》や近《ちか》い将来《しょうらい》をあらわす言葉《ことば》です。

ちなみに、国同士《くにどうし》の平和《へいわ》やトラブルを言《い》うときは、国際情勢《こくさいじょうせい》という言葉《ことば》を使《つか》うことが多《おお》いようです。

ハチの野生《やせい》の本能《ほんのう》

「ハチは、駒場《こまば》と渋谷駅《しぶやえき》の道順《みちじゅん》は覚《おぼ》えたか？」

駒場《こまば》から家《いえ》に帰《かえ》る途中《とちゅう》、上野先生《うえのせんせい》は才《さい》ちゃんに聞《き》きました。

「そうですね。覚《おぼ》えたと思《おも》います。」と、才《さい》ちゃんは答《こた》えました。

「そうか。じゃ、きみの送《おく》り迎《むか》えは今日《きょう》までにしよう。」

「え？　どうしてですか？」

突然《とつぜん》だったので、才《さい》ちゃんはびっくりしてしまいました。

「明日《あした》からハチがひとりで、わしの送《おく》り迎《むか》えをする。きみは送《おく》り迎《むか》えを卒業《そつぎょう》して勉強《べんきょう》に集中《しゅうちゅう》しなさい。」

「ハチがひとりでって？　いくらなんでもそれは無理《むり》です。」

才《さい》ちゃんは反対《はんたい》しました。

「無理《むり》かどうかは、やってみないとわからないじゃないか？」

「それはそうですけど……」

「今日《きょう》までの送《おく》り迎《むか》えは、全部《ぜんぶ》、ハチがひとりでできるようになるための練習《れんしゅう》だったんだ。道順《みちじゅん》を覚《おぼ》えたなら、ハチの練習《れんしゅう》は終《お》わりということだよ。」

先生《せんせい》はうれしそうです。

「たとえば、家《いえ》から渋谷駅《しぶやえき》まではだいじょうぶですよ、先生《せんせい》といっしょだから。でも、駅《えき》から家《いえ》まで帰《かえ》って来《こ》られるかどうか……」

ハチのことを心配《しんぱい》して才《さい》ちゃんは反対《はんたい》しているのです。

「心配《しんぱい》ないだろう。ハチは道順《みちじゅん》を知《し》っているわけだし、なんといっても帰巣本能《きそうほんのう》があるからな。」と、先生《せんせい》は言《い》いました。

「帰巣本能《きそうほんのう》？　帰巣本能《きそうほんのう》って、巣《す》に帰《かえ》る動物《どうぶつ》の力《ちから》のことですか？」

「そうだ。」

「わたり鳥《どり》やハトに帰巣本能《きそうほんのう》があるという話《はなし》は聞《き》いたことがありますが、犬《いぬ》にもあるんですか？」と、才《さい》ちゃんは質問《しつもん》しました。

「野生《やせい》の犬《いぬ》は持《も》っている。かい犬《いぬ》は、持《も》っている犬《いぬ》と持《も》っていない犬《いぬ》がいる。」

先生《せんせい》は答《こた》えました。

「では、ハチが持《も》っているかどうかはわかりません。」

「うん、ハチはだいじょうぶだ。持《も》ってるよ、こいつは。」

先生《せんせい》は自信満々《じしんまんまん》です。

「どうして帰巣本能《きそうほんのう》があるとわかるのでしょう？」

才《さい》ちゃんの質問《しつもん》は続《つづ》きます。

「人《ひと》にかわれて野生《やせい》の本能《ほんのう》をなくしてしまうと、帰巣《きそう》本能《ほんのう》もなくなってしまう。でも、ハチは野生《やせい》の本能《ほんのう》を持《も》っているから心配《しんぱい》ない。」

「ハチに野生《やせい》の本能《ほんのう》？　あるのかなあ？　だって先生《せんせい》が……」

なにかを言《い》おうとして、才《さい》ちゃんは途中《とちゅう》でやめました。

「〝だって先生《せんせい》が過保護《かほご》に育《そだ》てたから〟と言《い》いたいんだろ？　でも、それは違《ちが》うんだな。わははは」

楽《たの》しそうに笑《わら》うと、先生《せんせい》は話《はなし》を続《つづ》けます。

自信満々《じしんまんまん》

「自信《じしん》」は、自分《じぶん》で自分《じぶん》の能力《のうりょく》や価値《かち》、考《かんが》え方《かた》や行動《こうどう》を信《しん》じるという意味《いみ》です。

そして「自信満々《じしんまんまん》」は、その信《しん》じる気持《きも》ちが強《つよ》いという意味《いみ》です。

「きみはお風呂《ふろ》に入《い》れたり、すぐに獣医《じゅうい》さんを呼《よ》んだりするのを過保護《かほご》だと思《おも》っているのだろうが、それは違《ちが》う。あれはハチの健康《けんこう》のためにやっていることだ。」

「では、どうやって野生《やせい》の本能《ほんのう》をなくさないように育《そだ》てたんですか？」

「散歩《さんぽ》や送《おく》り迎《むか》えのときにリードを使《つか》わなかったのが、そのひとつだ。リードを使《つか》うと、犬《いぬ》は安心《あんしん》して人間《にんげん》にたよる気持《きも》ちが生《う》まれる。そうすると、野生《やせい》の本能《ほんのう》がなくなってしまうんだな。」

「なるほど。」

才《さい》ちゃんは、いつものように先生《せんせい》の話《はなし》に引《ひ》き込《こ》まれはじめました。

「それと、わしが散歩《さんぽ》に連《つ》れて行《い》くときは、きみの散歩《さんぽ》コースとわざと違《ちが》う道《みち》を歩《ある》くようにしたんだ。ハチの緊張感《きんちょうかん》を保《たも》つためにな。こうすることで、ハチが野《や》生《せい》の本能《ほんのう》をなくさないように心《こころ》がけたというわけだ。」

「そこまで考《かんが》えていたんですか!?」

才《さい》ちゃんが大《おお》きな声《こえ》を出《だ》すと、ハチがちらっと才《さい》ちゃんを見《み》ました。

「でもどうして、そんなに野生《やせい》の本能《ほんのう》を大事《だいじ》にしようと思《おも》ったんですか？　先生《せんせい》にこんなにかわいがられているのだから、本能《ほんのう》をなくしてもだいじょうぶだと思《おも》いますが。」

才《さい》ちゃんの質問《しつもん》が、またはじまりました。

「犬《いぬ》が野生《やせい》の本能《ほんのう》をなくしたら不幸《ふこう》だからだよ。」

「不幸《ふこう》!?」

才《さい》ちゃんの大《おお》きな声《こえ》に、ハチは今度《こんど》は気《き》にすることなく前《まえ》を向《む》いたまま散歩《さんぽ》に集中《しゅうちゅう》しています。

「そう、不幸《ふこう》だと思《おも》うよ。人間《にんげん》が人間《にんげん》らしさをなくしたら不幸《ふこう》なのと同《おな》じように、犬《いぬ》が野生《やせい》の本能《ほんのう》をなくしたら、それは不幸《ふこう》だとは思《おも》わないか？」

「そうですねえ……不幸《ふこう》……すみません、自分《じぶん》にはよくわかりません。」

「なにもあやまることじゃないよ。わははは。」

先生《せんせい》は笑《わら》い、そして「どちらにしても、やってみないとわからないよ。な、ハチ？」と、ハチに話《はな》しかけました。やけに楽《たの》しそうです。

「まあ、それはそうですけど……」

結局《けっきょく》、すっきりしない気持《きも》ちのまま、才《さい》ちゃんは送《おく》り迎《むか》えを卒業《そつぎょう》することになりました。

ハチだけの送《おく》り迎《むか》え
この時代《じだい》は、まだ車《くるま》の数《かず》も少《すく》なければ信号機《しんごうき》もありません。
東京《とうきょう》にも野犬《やけん》がたくさんいて、そのような犬《いぬ》が町《まち》をうろうろしているの

ハチだけの送《おく》り迎《むか》え

次《つぎ》の日《ひ》の朝《あさ》。上野先生《うえのせんせい》が仕事《しごと》に行《い》くところです。八重夫人《やえふじん》、おとよさん、そして才《さい》ちゃんが先生《せんせい》とハチを見送《みおく》ります。

「ハチ、がんばってね。」

八重夫人《やえふじん》とおとよさんが、笑顔《えがお》でハチに声《こえ》をかけました。才《さい》ちゃんは心配《しんぱい》そうな顔《かお》をしています。

先生《せんせい》はいつもと同《おな》じように落《お》ち着《つ》いた足《あし》どりで、いつもと同《おな》じ道《みち》を歩《ある》き出《だ》しました。

があたりまえでした。

また、かい犬《いぬ》もかい主《ぬし》がリードをはずして自由《じゆう》に遊《あそ》ばせることは、ふつうに行《おこな》われていました。

ハチだけの送《おく》り迎《むか》えは、このような時代背景《じだいはいけい》があってできたことです。

ちなみに、もちろん保健所《ほけんじょ》が野犬《やけん》をつかまえることもありました。かい犬《いぬ》か野犬《やけん》かは、首輪《くびわ》で判断《はんだん》しました。

ハチも、いつもと同《おな》じように先生《せんせい》の半歩《はんぽ》うしろを歩《ある》いています。

渋谷駅《しぶやえき》に着《つ》きました。

ここでも先生《せんせい》は、いつもと同《おな》じよう改札口《かいさつぐち》の前《まえ》にハチをすわらせて、ビスケットを与《あた》えました。そして顔《かお》を近《ちか》づけてからだ全体《ぜんたい》をなでました。うれしそうなハチです。

「じゃ、行《い》ってくる。」

先生《せんせい》はハチに手《て》をふると、さっと背《せ》を向《む》けて改札口《かいさつぐち》に入《はい》って行《い》きました。さすがにハチのことが気《き》になりましたが、ふり向《む》きません。

ハチは先生《せんせい》が見《み》えなくなるまで、おとなしくすわっていました。

そして、しずかに立《た》ち上《あ》がると、来《き》たときと同《おな》じ道《みち》をもどりました。

「才《さい》ちゃん、ちょっとは落《お》ち着《つ》きなさいよ。あなたが家《いえ》の中《なか》をうろうろしていると、そうじのじゃまなの。」

「ハチはもどって来《こ》られるかなあ」と、才《さい》ちゃんが心配《しんぱい》して落《お》ち着《つ》かないのを知《し》っていて、あえておとよさんは「落《お》ち着《つ》きなさい」と注意《ちゅうい》したのです。

「ああ、まあ、わかってるよ……」

才《さい》ちゃんは柱時計《はしらどけい》を見《み》ました。先生《せんせい》とハチが家《いえ》を出《で》て二十分《ぷん》がたとうとしています。

「もう、もどって来《き》てもいいのになあ。」

注意《ちゅうい》しても落《お》ち着《つ》かない才《さい》ちゃんに、やさしいおとよさんもあきれて、「勉強《べんきょう》しないなら庭《にわ》をはいて。」と言《い》いました。

「ああ、そうだね。そうするよ。」

なにもしないより、そうじをして気《き》をまぎらわせたほうがいいと思《おも》って、才《さい》ちゃんは庭《にわ》に出《で》ました。

すると、なんとそこにハチがいるではありませんか。

ハチはおけの水《みず》を飲《の》んでいます。散歩《さんぽ》から帰《かえ》って水《みず》を飲《の》むのは、ハチの習慣《しゅうかん》のようなものです。

「ハチ、なんだ? 帰《かえ》って来《き》てたのか! 帰《かえ》ったら『ただいま』をしなくちゃダメじゃないか。」

才《さい》ちゃんの声《こえ》が大《おお》きかったので、八重夫人《やえふじん》とおとよさんにもハチがもどって来《き》たことがわかりました。

ふたりが縁側《えんがわ》から庭《にわ》を見《み》ると、そこにはハチを抱《だ》きしめる才《さい》ちゃんがいました。

八重夫人《やえふじん》とおとよさんは、そんなふたりを見《み》てほほ笑《え》みました。

先生《せんせい》だけに興味《きょうみ》があるハチ

その日《ひ》の夕方《ゆうがた》、先生《せんせい》を迎《むか》えに行《い》く時間《じかん》になると、才《さい》ちゃんはハチを門《もん》まで連《つ》れ出《だ》しました。

ハチの耳《みみ》もとで、「さあ、お迎《むか》えもひとりで行《い》くんだよ。」と、小《ちい》さな声《こえ》でやさしく言《い》いました。そして、ハチの大《おお》きなからだを渋谷駅《しぶやえき》のほうに押《お》し出《だ》しました。

ハチはとまどったようにその場《ば》に立《た》ったまま、才《さい》ちゃんの顔《かお》を見《み》ています。けれど、才《さい》ちゃんが門《もん》の中《なか》に入《はい》ってしまうと、渋谷駅《しぶやえき》に向《む》かってゆっくり歩《ある》き出《だ》しました。

「ハチのやつ、だいじょうぶかなあ。ちゃんと渋谷駅《しぶやえき》に行《い》ってくれよ。」

才《さい》ちゃんは、祈《いの》るような気持《きも》ちでハチを送《おく》り出《だ》したのです。

ハチはいつもと同《おな》じ速《はや》さで、まわりに気《き》をとられることもなく、歩《ある》きなれた道《みち》を行《い》きます。

毎朝《まいあさ》、先生《せんせい》があいさつをするタバコ屋《や》さんの前《まえ》を通《とお》りすぎようとすると、「あら、ハチ、今日《きょう》はひとりなの？」と、タバコ屋《や》のおばあさんはびっくりしてしまいました。

けれど、ハチはおばあさんの声《こえ》にも気《き》をとられません。マイペースで渋谷駅《しぶやえき》に着《つ》きました。

改札口《かいさつぐち》の前《まえ》にすわります。

電車《でんしゃ》が着《つ》くたびに、たくさんの人《ひと》が改札口《かいさつぐち》から出《で》て来《き》ます。ハチのそばを足早《あしばや》に通《とお》りすぎますが、ハチはおどろくようすもこわがるようすもみせません。だれかが立《た》ち止《ど》まって頭《あたま》をなでてくれても、わずかにしっぽをふるだけで、視線《しせん》は改札口《かいさつぐち》からはなしません。どっしりとかまえてすわっています。

ハチは、先生《せんせい》の帰《かえ》りだけに興味《きょうみ》があるのです。

何分待《なんぷんま》ったでしょうか。すごい集中力《しゅうちゅうりょく》です。そして、とうとう人《ひと》ごみの中《なか》に先生《せんせい》の姿《すがた》を見《み》つけました。

才《さい》ちゃんがこれまで教《おし》えてくれたとおり、ハチはかけ出《だ》したい気持《きも》ちをおさえました。

先生《せんせい》はいつものように笑顔《えがお》でハチの前《まえ》に立《た》つと、カバンからビスケットのかけらを取《と》り出《だ》して食《た》べさせてくれました。そして、顔《かお》を近《ちか》づけてからだ全体《ぜんたい》をなでてくれました。

もちろんハチも、いつもと同《おな》じようにしっぽをふってうれしい気持《きも》ちを先生《せんせい》に伝《つた》えます。

このようにして、ハチだけの送《おく》り迎《むか》えがはじまりました。

もちろん、駒場《こまば》の大学《だいがく》にもひとりで行《い》きます。

一度《いちど》として、迷子《まいご》になったり先生《せんせい》を待《ま》たせたり、心配《しんぱい》をかけるようなことはありませんでした。

第6章

上野《うえの》夫妻《ふさい》とハチの散歩《さんぽ》

世間《せけん》のうわさ

「ハチ、今日《きょう》はなんの日《ひ》か知《し》ってるか？」

縁側《えんがわ》に腰《こし》かけた先生《せんせい》は、ハチをひざまくらで寝《ね》かせています。

「重《おも》くなったなあ。四十キロ近《ちか》くあるんじゃないか？　ハチ、今日《きょう》は一月《がつ》十五日《にち》。おまえがわが家《や》に来《き》た日《ひ》だ。もう一年《ねん》だ。早《はや》いもんだなあ。」

暖《あたた》かい冬《ふゆ》の日《ひ》ざしと先生《せんせい》のひざが気持《きも》ちよくて、ハチはおとなしく横《よこ》になっています。

「今日《きょう》は記念日《きねんび》だから、いつもよりていねいにノミ取《と》りをしてあげよう。」

先生《せんせい》はハチの白《しろ》くてやわらかい毛《け》をかきわけて、なれた手《て》つきで小《ちい》さなノミをつかまえます。つかまえたノミは縁側《えんがわ》におしつけてつぶしました。

数分間《すうふんかん》で十ぴきのノミが縁側《えんがわ》にきれいに並《なら》びました。きれいに並《なら》べているところに、先生《せんせい》のきちんとした性格《せいかく》があらわれています。

十ぴきの列《れつ》が二列《れつ》できたとき、「おとうさん、ノミ取《と》り？」と、つる子《こ》さんが久《ひさ》子《こ》ちゃんをだっこしてのぞきこみました。

久子《ひさこ》ちゃんは、来月《らいげつ》で一歳《さい》の誕生日《たんじょうび》を迎《むか》えます。生《う》まれたばかりのころは、つる子《こ》さんでも軽々《かるがる》と抱《だ》くことができた久子《ひさこ》ちゃんですが、今《いま》では体重《たいじゅう》が八キログらいになって、だっこも大変《たいへん》です。

「今日《きょう》は、ハチがわが家《や》の一員《いちいん》になった記念日《きねんび》だから、お祝《いわ》いでノミ取《と》りをしているところだ。」と、先生《せんせい》は答《こた》えました。

「あれからもう一年《ねん》になるのね。」

「久子《ひさこ》も来月《らいげつ》誕生日《たんじょうび》だな。大《おお》きくなったなあ。言葉《ことば》も話《はな》せるようになったし。」

「話せるって、『あーあー』『まーまー』とか『まんま』とか、まだそんなことしか言《い》えないわ。」

「それだけ言《い》えれば十分《じゅうぶん》だ。わははは」

先生《せんせい》が笑《わら》うと、つる子《こ》さんも「そうね。」と言《い》って、いっしょに笑《わら》いました。

そして、つる子《こ》さんはあらたまった声《こえ》で、「おとうさん。」と言《い》いました。

「うん？　なんだ？」

ノミ取《と》りの手《て》を休《やす》めずに、先生《せんせい》は返事《へんじ》をしました。

「おとうさんは、こんなに大《おお》きな家《いえ》に住《す》む東京帝国大学《とうきょうていこくだいがく》の先生《せんせい》ということで、渋谷《しぶや》では有名人《ゆうめいじん》でしょ？」

「ああ、まあ、そうかもしれんな。」

「ハチはこんなに大《おお》きな犬《いぬ》だから目立《めだ》つし、有名《ゆうめい》な先《せん》生《せい》がかっているということで、ハチも有名《ゆうめい》だわ。」

「おまえは有名人《ゆうめいじん》だってさ。よかったなあ。」

先生《せんせい》はおどけてハチの頭《あたま》をなでました。

「ただでさえ目立《めだ》つ犬《いぬ》なのに、送《おく》り迎《むか》えするようになって、ますます有名《ゆうめい》になってしまって……あのね、おとうさんが犬《いぬ》をかわいがりすぎるって、かげ口《ぐち》を言《い》う人《ひと》がいるのよ。」

先生《せんせい》は、つる子《こ》さんの話《はなし》をだまって聞《き》いています。

「ハチをお風呂《ふろ》に入《い》れたり、お肉《にく》を食《た》べさせたりするでしょ？」

先生《せんせい》
明治時代《めいじじだい》から義務教育《ぎむきょういく》制度《せいど》がはじまりますが、この時代《じだい》には先生《せんせい》という職業《しょくぎょう》は聖職《せいしょく》（尊《とうと》い職業《しょくぎょう》）と呼《よ》ばれ、先生《せんせい》は社会的《しゃかいてき》に高《たか》い立場《たちば》にありました。

「以前《いぜん》、お風呂《ふろ》は健康《けんこう》のためにも必要《ひつよう》だと説明《せつめい》したと思《おも》うが。」

「ええ、聞《き》いたわ。」

「食事《しょくじ》にかんしてはな、野生《やせい》の肉食動物《にくしょくどうぶつ》は、草食動物《そうしょくどうぶつ》をとらえて食《た》べると、肉《にく》はもちろん、胃《い》の中《なか》に残《のこ》っている草《くさ》の栄養《えいよう》をとることができる。かわれている犬《いぬ》は、ご飯《はん》にかけたみそ汁《しる》で野菜《やさい》の栄養《えいよう》をとることはできるけど、ときどき肉《にく》も食《た》べさせないと健康《けんこう》によくないいんだよ。」

「そうね。おとうさんが言《い》うんだからそうだと思《おも》うわ。わたしはおとうさんの話《はなし》を直接聞《ちょくせつき》けるからなっとくす

言論《げんろん》の自由《じゆう》

人《ひと》が発言《はつげん》や文章《ぶんしょう》で自分《じぶん》の意見《いけん》を自由《じゆう》に発表《はっぴょう》することです。

もちろん自由《じゆう》だからといって、なにを言《い》ってもいいということではありません。人《ひと》を傷《きず》つけるよう

るけど、でもね、そうじゃない人《ひと》のほうが多《おお》いのよ。」

少《すこ》し悲《かな》しそうな声《こえ》で、つる子《こ》さんは言《い》いました。

「どういうことかな。わかるように言《い》ってくれないか。」

「政府《せいふ》が言論《げんろん》の自由《じゆう》をしめつけているこのときに、犬《いぬ》をかわいがっている場合《ばあい》かって、おとうさんのことを悪《わる》く言《い》う人《ひと》もいるのよ。」

「まあ、人《ひと》はいろいろなことを言《い》うものだ。いちいち気《き》にしていたらきりがない。」

「昼間家《ひるまいえ》にいないおとうさんはそれでいいんでしょうね、きっと。でもね、おかあさんはそういうわけにいかないの。ご近所《きんじょ》のお付《つ》き合《あ》いもあるし。おかあさん

なことを言《い》うのは、言論《げんろん》の自由《じゆう》の精神《せいしん》に反《はん》するものです。

大正《たいしょう》14年《ねん》（1925年《ねん》）5月《がつ》に治安維持法《ちあんいじほう》という法律《ほうりつ》ができます。この法《ほう》律《りつ》で、当時《とうじ》の日本《にほん》に言論《げんろん》の自由《じゆう》がなくなってしまいました。

本文《ほんぶん》の上野先生《うえのせんせい》とつる子《こ》さんの会話《かいわ》は、治安維《ちあんい》持法《じほう》ができる直前《ちょくぜん》の大正《たいしょう》14年《ねん》の1月《がつ》のものです。

がかわいそうなのよ。」

先生《せんせい》はだまっています。ノミ取《と》りの手《て》は止《と》まってしまいました。

「そんなおかあさんのこと、少《すこ》しも考《かんが》えたことないでしょう?」

つる子《こ》さんは少《すこ》し強《つよ》く言《い》いました。先生《せんせい》はだまったままです。

「そうじゃなくても、おとうさんとおかあさんは正式《せいしき》に結婚《けっこん》していないでしょ?わたしも養女《ようじょ》だし。それで犬《いぬ》をすごくかわいがったら、『あそこの家《いえ》はどうなっているんだ』って、うわさが立《た》たないほうが不思議《ふしぎ》だわ。」

「おとうさんとおかあさんの結婚《けっこん》のことは、いずれおまえに説明《せつめい》しないといけないとは思《おも》っていた。」

ハチの頭《あたま》をなでながら、先生《せんせい》は下《した》を向《む》いています。

「そんなことはどうでもいいの。わたしが言《い》いたいのは、少《すこ》しはおかあさんのことも考《かんが》えてってことなの。」

つる子《こ》さんの意見《いけん》を聞《き》いて、しばらく先生《せんせい》はだまっていました。なにかを考《かんが》えているのです。そして、「わかった。おまえの言《い》うとおりだ。」とつぶやいて、ゆっくり顔《かお》をあげました。

目《め》もとに弱《よわ》い笑《え》みを浮《う》かべた先生《せんせい》は、久子《ひさこ》ちゃんのほっぺたを指《ゆび》でつんつんとしました。

夫婦《ふうふ》、仲《なか》むつまじくハチの散歩《さんぽ》

それから先生《せんせい》は、ハチの散歩《さんぽ》に八重夫人《やえふじん》をさそうよ

仲《なか》むつまじい
　とても仲《なか》がいいという意味《いみ》です。恋人《こいびと》や夫婦《ふうふ》に使《つか》う場合《ばあい》が多《おお》いようです。
　なお、「むつまじい」だけでも、仲《なか》がいいという意味《いみ》があります。

うになりました。

夫婦仲《ふうふなか》むつまじくハチの散歩《さんぽ》をするふたりの姿《すがた》は、とてもすてきです。

このとき、上野先生《うえのせんせい》は五十三歳《さい》、八重夫人《やえふじん》は三十九歳《さい》でした。


「真冬《まふゆ》だというのに、今日《きょう》は暖《あたた》かいわね。」

すみわたる冬《ふゆ》の空《そら》を見上《みあ》げて、八重夫人《やえふじん》が言《い》いました。

「うん、そうだな。」

先生《せんせい》も空《そら》を見上《みあ》げます。

「ハチも冬《ふゆ》は寒《さむ》いのかしら。こんなにりっぱな毛《け》でおおわれているけど。」

「秋田出身《あきたしゅっしん》だから、寒《さむ》さには強《つよ》いんじゃないか。」

「〝出身《しゅっしん》〟だなんて、まるで人間《にんげん》のようだわ。」

口《くち》もとを手《て》でかくして、八重夫人《やえふじん》は小《ち》さく笑《わら》いました。

「ハチは家族《かぞく》の一員《いちいん》だからな。」

先生《せんせい》も笑顔《えがお》です。自分《じぶん》の話《はなし》をしているなんてわかるはずもないハチは、前《まえ》を向《む》いてマイペースで歩《ある》いています。

「そうね。久子《ひさこ》にとっては親友《しんゆう》だし、おとよさんにとっても話《はな》し相手《あいて》だし、才《さい》ちゃんもハチの世話《せわ》をするようになって責任感《せきにんかん》が出《で》てきたみたいだし。みんなハチのおかげだわ。」

「おまえにとっては？」と、先生《せんせい》は聞《き》きました。

「そうねえ。ハチが来《き》てから家《いえ》の中《なか》に笑顔《えがお》が多《おお》くなったし、家族《かぞく》を照《て》らす太陽《たいよう》かしら。」

「太陽《たいよう》とは、それはたいしたもんだな。はははは。」

先生《せんせい》は笑《わら》いながらハチの頭《あたま》をなでました。ハチはちらっと先生《せんせい》を見《み》ると、すぐに視線《しせん》を前《まえ》にもどします。

「あら、おかしいかしら。あなたがいちばん照《て》らされているかと思《おも》っていたけど。」

八重夫人《やえふじん》はいたずらっこのように、先生《せんせい》の顔《かお》をのぞきこみました。

「たしかに、ハチといると日向《ひなた》ぼっこをしているみたいに幸《しあわ》せな気持《きも》ちになるな。太陽《たいよう》っていうのは当《あ》たっているかもしれない。」

「ね、そうでしょ？」

「関東大震災《かんとうだいしんさい》以来《いらい》、出張《しゅっちょう》が多《おお》くなって、そのつかれをいやしてほしいと思《おも》ってハチをかうことにしたんだから、やっぱり、ハチをかってよかったということだな。」

先生《せんせい》はうれしそうに言《い》いました。

「そうね。よかったということね。」

「わしも出張《しゅっちょう》が多《おお》くて、ゆっくり家《いえ》にいられない。おまえにも苦労《くろう》をかけるな。」

先生《せんせい》は照《て》れくさいので、八重夫人《やえふじん》の顔《かお》を見《み》ずに前《まえ》を向《む》いたまま気持《きも》ちを伝《つた》えました。

「あらあら、そんなこと言《い》うなんてめずらしいこと。」

うれしそうに八重夫人《やえふじん》はほほ笑《え》みました。

そこに、野原《のはら》で遊《あそ》んでいた子《こ》どもたちが、「わあ、でかい犬《いぬ》だなあ。」と寄《よ》って来《き》て、ハチを囲《かこ》んでなでました。ハチはしっぽをふって応《こた》えます。

先生《せんせい》と八重夫人《やえふじん》は、子《こ》どもたちとハチを笑顔《えがお》で見《み》つめています。

ハチの散歩《さんぽ》は、夫婦《ふうふ》がいろいろな話《はなし》をするいい機会《きかい》になりました。これもハチのおかげです。

この散歩《さんぽ》が続《つづ》いたことは言《い》うまでもありません。
散歩《さんぽ》というのは、人《ひと》の気持《きも》ちをおだやかにする本当《ほんとう》にすてきなひとときです。

第7章

上野《うえの》先生《せんせい》の突然《とつぜん》の死《し》

いつもと同《おな》じ朝《あさ》

春《はる》が来《き》て、今年《ことし》もまたお花見《はなみ》が盛大《せいだい》に行《おこな》われました。

「上野先生《うえのせんせい》がいらっしゃるおかげで、こうして卒業生《そつぎょうせい》は毎年《まいねん》集《あつ》まることができます。先生《せんせい》、本当《ほんとう》にありがとうございます！」

「今年《ことし》もこんなに集《あつ》まってくれてありがとう！　来年《らいねん》も、さ来年《らいねん》も、その次《つぎ》の年《とし》も、ずっとずっと、みんな、元気《げんき》で集《あつ》まろう！」

先生《せんせい》が大《おお》きな声《こえ》で卒業生《そつぎょうせい》にお礼《れい》を述《の》べて、今年《ことし》のお花見《はなみ》も全員《ぜんいん》の笑顔《えがお》で終了《しゅうりょう》しました。

大正十四年《たいしょうねん》（一九二五年《ねん》）五月二十一日《がつにち》の朝《あさ》、ハチはいつものように先生《せんせい》を送《おく》りました。

今日《きょう》は駒場《こまば》の大学《だいがく》です。なだらかなのぼり坂《ざか》をすぎると林《はやし》があって、林《はやし》をぬけると大学《だいがく》の門《もん》が見《み》えてきます。

いつもと同《おな》じように、先生《せんせい》は門《もん》の近《ちか》くでハチをすわらせて、ビスケットを与《あた》えました。そしてからだ全体《ぜんたい》をなでました。ハチはうれしくて巻《ま》き尾《お》を元気《げんき》にふります。

「じゃ、行《い》ってくる。」

先生《せんせい》はハチに手《て》をふると、門《もん》の中《なか》に消《き》えて行《い》きました。もう半年以上《はんとしいじょう》も続《つづ》く先生《せんせい》とハチの日課《にっか》です。

迷《まよ》うことなく、ハチは来《き》たときと同《おな》じ道《みち》をもどりました。

ぼうぜんとする八重夫人《やえふじん》

午後《ごご》になりました。今《いま》にも雨《あめ》が降《ふ》り出《だ》しそうな重《おも》い空《そら》です。才《さい》ちゃんは勉強机《べんきょうづくえ》に向《む》かい、おとよさんは裏庭《うらにわ》のジャガイモ畑《ばたけ》のようすを見《み》ています。

八重夫人《やえふじん》は、久子《ひさこ》ちゃんの夏物《なつもの》の寝《ね》まきをぬっていました。

〝リ、リリリリーン、リリリリリーン〟

電話《でんわ》のベルがなりました。

「はい、上野《うえの》でございますが。」

八重夫人《やえふじん》が電話《でんわ》に出《で》ました。

「はい、わたしが妻《つま》でございます。はい、え？　はあ……はい、はあ……しょうちいたしました……」

ふるえる手で受話器《じゅわき》をもどすと、八重夫人《やえふじん》は立《た》ちつくしています。

ベルの音《おと》を聞《き》いたおとよさんが家《いえ》の中《なか》をのぞくと、立《た》ったままボーッとしている八重夫人《やえふじん》がいました。

「奥《おく》さま、奥《おく》さま。」

おとよさんは、八重夫人《やえふじん》のようすがおかしいと思《おも》って声《こえ》をかけました。八重夫人《やえふじん》は気《き》がつきません。

「奥《おく》さま、奥《おく》さま。どうなさいました？」

たび重《かさ》なるおとよさんの声《こえ》で、われに返《かえ》った八重夫《やえふ》人《じん》は、「あの人《ひと》が……」と小《ちい》さな声《こえ》で言《い》いました。

立《た》ちつくす
感動《かんどう》やおどろきでいつまでもその場《ば》に立《た》ったままでいることを言《い》います。

我《われ》に返《かえ》る
1 気《き》を失《うしな》った状態《じょうたい》から、平常《へいじょう》な状態《じょうたい》にもどることを言《い》います。
2 なにかに気《き》をとられている状態《じょうたい》から、平常心《へいじょうしん》にもどることを言《い》います。

なにか大変《たいへん》なことが起《お》きたと感《かん》じたおとよさんは、小走《こばし》りで近《ちか》づくと「奥《おく》さま、どうなさいました？」と、八重夫人《やえふじん》の顔《かお》をのぞきこみます。

「あの人《ひと》が亡《な》くなったと……今《いま》……」

「え!?　ご主人《しゅじん》さまが!?」

おとよさんが大《おお》きな声《こえ》を出《だ》したので、「どうしたのかな？」と才《さい》ちゃんがやって来《き》ました。ところが、ふたりのうろたえた姿《すがた》を見《み》て、声《こえ》をかけるのをためらってしまいました。

「才《さい》ちゃん、車《くるま》を呼《よ》んで！」と、おとよさんがさけびました。

状況《じょうきょう》もわからずに、才《さい》ちゃんはあわてて電話《でんわ》をします。

「奥《おく》さま、大学《だいがく》に行《い》くおしたくをしましょう。」

おとよさんは、足《あし》もとのふらつく八重夫人《やえふじん》を奥《おく》の部屋《へや》に連《つ》れて行《い》きました。

帰《かえ》って来《き》た上野先生《うえのせんせい》

そして八重夫人《やえふじん》は、大学《だいがく》の医務室《いむしつ》のベッドに横《よこ》になる上野先生《うえのせんせい》と体面《たいめん》しました。

「午後《ごご》の授業中《じゅぎょうちゅう》に倒《たお》れて……医者《いしゃ》がかけつけたときには、もうすでに手《て》おくれでした……」

大学《だいがく》の先生《せんせい》が、上野先生《うえのせんせい》の最期《さいご》を教《おし》えてくれました。

「脳出血《のうしゅっけつ》のための急死《きゅうし》です。」

かけつけたお医者《いしゃ》さんが、亡《な》くなった原因《げんいん》を説明《せつめい》してくれました。

このようにして、すぐに先生《せんせい》の遺体《いたい》は家《いえ》に運《はこ》ばれました。

そして、あわただしくお葬式《そうしき》の準備《じゅんび》がはじまりました。

植木職人《うえきしょくにん》の菊《きく》さんをはじめ、近所《きんじょ》の人《ひと》たちもかけつけて手伝《てつだ》ってくれます。

「奥《おく》さま、お気《き》をたしかに。しっかりしてね。」

みんなは、やさしく八重夫人《やえふじん》をはげましてくれました。

いつもはしずかな上野家《うえのけ》ですが、今日《きょう》はあわただしく時間《じかん》がすぎて行《い》きます。

ハチがはじめて経験《けいけん》する不思議《ふしぎ》な夜《よる》

残念《ざんねん》なことに、ハチを気《き》づかう余裕《よゆう》はだれにもありません。

ハチは、いつもと違《ちが》って大勢《おおぜい》の人《ひと》がばたばたする家《いえ》の中《なか》を気《き》にすることなく、先生《せんせい》のお迎《むか》えの時間《じかん》が来《く》ると、いつものように家《いえ》を出《で》て駒場《こまば》の大学《だいがく》に向《む》かいました。

ハチはいつもと変《か》わらずマイペースです。

大学《だいがく》の門《もん》に着《つ》きました。

いつもと同《おな》じように先生《せんせい》が出《で》て来《く》るのを待《ま》ちます。

どれだけ待《ま》ったでしょうか。あたりはもう暗《くら》く、星《ほし》が夜空《よぞら》をいろどっています。

ハチはあきらめて帰《かえ》ることにしました。

こんなことははじめてですが、とにかく、いつもの道《みち》をいつもと同《おな》じようにもどります。


家《いえ》に着《つ》くと、人《ひと》の数《かず》はますます増《ふ》えていました。広《ひろ》い庭《にわ》にもあふれています。

大学《だいがく》で働《はたら》いている人《ひと》、学生《がくせい》や卒業生《そつぎょうせい》、親戚《しんせき》などがお葬式《そうしき》にかけつけたのです。

庭《にわ》にあふれた人《ひと》たちに、つる子《こ》さん夫妻《ふさい》があいさつをして回《まわ》っています。

けれど、話《はな》し声《ごえ》はあまり聞《き》こえて来《き》ません。ハチがはじめて経験《けいけん》する不思議《ふしぎ》な夜《よる》です。

ハチは犬小屋《いぬごや》に入《はい》ると、水《みず》を飲《の》んでつかれをいやしました。長《なが》い時間《じかん》、門《もん》のところにすわっていたので、さすがにつかれたのです。

ところが、ハチに眠《ねむ》るようすはありません。

ふせをしたまま、家《いえ》の中《なか》をガラス戸越《どご》しにじっと見《み》ています。耳《みみ》と鼻《はな》がぴくぴくしています。

ハチは、家《いえ》の中《なか》から先生《せんせい》が出《で》て来《く》ると思《おも》っているのでしょう。

いつものように笑顔《えがお》で自分《じぶん》の前《まえ》に立《た》ってビスケットをくれて、なでてくれる。

そう考《かんが》えて待《ま》っているのです。

残念《ざんねん》ですが、もちろん先生《せんせい》は出《で》て来《き》ません。

だけど、ハチはじっと待《ま》ちました。
ハチにできることは、待《ま》つことだけなのです。

先生《せんせい》のお棺《かん》の下《した》に

夜《よる》も深《ふか》くなりました。すでにお経《きょう》も終《お》わっています。
親戚《しんせき》や上野《うえの》先生《せんせい》の身近《みぢか》な人《ひと》が残《のこ》って、先生《せんせい》の思《おも》い出《で》を語《かた》り合《あ》っていました。
〝ガリガリ、ガリガリ〟
そこに縁側《えんがわ》のガラス戸《ど》をひっかく音《おと》が聞《き》こえました。
才《さい》ちゃんが見《み》てみると、ハチがガラス戸《ど》を開《あ》けようとしています。
「ハチ。」

才《さい》ちゃんが戸《と》を開《あ》けると、ハチはジャンプしてすばやく入《はい》って来《き》ました。

「ハチ、ダメだ。入《はい》っちゃ。」

いつもは才《さい》ちゃんの言《い》うことをすなおにきくハチですが、このときは違《ちが》いました。才《さい》ちゃんをふり切《き》って、お葬式《そうしき》をしている部屋《へや》に飛《と》び込《こ》んだのです。

「わ！　びっくりした！」

「キャー、なに、この大《おお》きな犬《いぬ》！」

突然《とつぜん》、大《おお》きな犬《いぬ》が飛《と》び込《こ》んで来《き》たので、ハチを知《し》らない人《ひと》はおどろいてしまいました。

「ハチ、ダメ、外《そと》に出《で》なさい。」

八重夫人《やえふじん》がハチの首輪《くびわ》を引《ひ》っぱりますが言《い》うことを聞《き》きません。こんなことははじめてです。

部屋《へや》の奥《おく》には、台《だい》の上《うえ》に乗《の》せられた上野先生《うえのせんせい》のお棺《かん》があります。お棺《かん》には白《しろ》いきれいな布《ぬの》が張《は》られて、とても清《きよ》らかです。

ハチは八重夫人《やえふじん》が止《と》めるのをふり切《き》って、上野先生《うえのせんせい》のお棺《かん》の下《した》まで来《く》ると、そこにふせました。八重夫人《やえふじん》がいくら引《ひ》っぱっても動《うご》こうとしません。

「才《さい》ちゃん、お願《ねが》い。ハチを外《そと》に出《だ》してちょうだい。」

八重夫人《やえふじん》のたのみですが、才《さい》ちゃんはためらいました。先生《せんせい》のそばにいたいハチの気持《きも》ちと、人《ひと》にめいわくをかけないことを知《し》っていたからです。

「奥《おく》さま、こいつはおれが子犬《こいぬ》のときに上野駅《うえのえき》から連《つ》れて来《き》たんだ。ここはひとつ、おれに任《まか》せてください。さわぐようなことはさせません。」

困《こま》っているふたりを助《たす》けようと思《おも》い、菊《きく》さんが立《た》ち上《あ》がりました。

外《そと》に出《だ》したいどころか、八重夫人《やえふじん》はハチにここにいてほしいと思《おも》っていることを、菊《きく》さんはわかっていました。

だけど八重夫人《やえふじん》も才《さい》ちゃんも、親戚《しんせき》には気《き》を使《つか》わなくてならない。でも、他人《たにん》の自分《じぶん》なら言《い》いたいことが言《い》える。菊《きく》さんはそう考《かんが》えて悪役《あくやく》をかって出《で》たのです。

「ハチ、おまえも先生《せんせい》のそばにいたいよな。」

ハチを抱《だ》きしめて、菊《きく》さんは涙《なみだ》を流《なが》しました。

みんなが別《わか》れを告《つ》げるなか、ハチは

次《つぎ》の日《ひ》の朝《あさ》、ハチはいつの間《ま》にか犬小屋《いぬごや》にもどっていました。

今日《きょう》は告別式《こくべつしき》です。

遠《とお》くからもいろいろな人《ひと》がかけつけて、昨日《きのう》よりもさらに多《おお》くの人《ひと》が集《あつ》まるので、八重夫人《やえふじん》をはじめ、家族《かぞく》は準備《じゅんび》で朝早《あさはや》くから大忙《おおいそが》しです。

みんながばたばたしているなか、ハチは先生《せんせい》を送《おく》りに行《い》く時間《じかん》になると、家《いえ》をそっと出《で》て行《い》きました。ハチが出《で》て行《い》ったことをだれも気《き》づきません。

ハチは駒場《こまば》の大学《だいがく》までやって来《き》て、しばらく門《もん》のほうを見《み》つめると、しずかに家《いえ》にもどりました。

ハチが家《いえ》に着《つ》くと、上野先生《うえのせんせい》にお別《わか》れをするために全国《ぜんこく》から集《あつ》まって来《き》た人《ひと》で家《いえ》の中《なか》も庭《にわ》もいっぱいで、道《みち》まであふれていました。

ハチはおとなしく庭《にわ》のすみにふせって、そのようすをながめています。

「ハチ、ご飯《はん》が遅《おそ》くなってごめんね。」

おとよさんが、朝《あさ》ご飯《はん》と水《みず》をもって来《き》てくれました。そして、「今日《きょう》はそこでおとなしくしているのよ。部屋《へや》に入《はい》っちゃダメよ。」とやさしく言《い》いました。

おとよさんもハチが駒場《こまば》まで行《い》って帰《かえ》って来《き》たことを知《し》りません。ずっと庭《にわ》のすみにいたと思《おも》っています。

ハチは水《みず》にちょっと口《くち》をつけると、またふせりました。ご飯《はん》は食《た》べません。

卒業生《そつぎょうせい》をはじめ、多《おお》くの人《ひと》に愛《あい》されていた上野先生《うえのせんせい》の告別式《こくべつしき》には、二千人以上《にんいじょう》の人《ひと》がおとずれました。つる子《こ》さん夫妻《ふさい》の友《とも》だちや菊《きく》さんの仕事仲間《しごとなかま》も大勢《おおぜい》来《き》ています。

「亡《な》くなるには、まだ若《わか》すぎるわ。」

「まだまだ先生《せんせい》には教《おし》えていただきたいことがあったのに……」

いろいろなところから、このような声《こえ》が聞《き》こえて来《き》ます。

夕方《ゆうがた》になると、ハチはまた外《そと》に出《で》ました。もちろん、先生《せんせい》のお迎《むか》えをするためです。

渋谷駅《しぶやえき》に向《む》かいました。

タバコ屋《や》さんの前《まえ》に来《く》ると、「あら、ハチ、どうしたの？　駅《えき》に行《い》っても先生《せんせい》は来《こ》ないわよ。」と、おばあさんが教《おし》えてくれました。

けれど、ハチにおばあさんの言葉《ことば》はわかりません。ちらっとおばあさんを見《み》ただけで通《とお》りすぎました。

渋谷駅《しぶやえき》に着《つ》いて改札口《かいさつぐち》の前《まえ》にすわります。

駅《えき》はいつもと同《おな》じです。

電車《でんしゃ》が着《つ》くたびに、たくさんの人《ひと》が改札口《かいさつぐち》から出《で》て来《き》ては、ハチのそばを通《とお》りすぎます。

そんないつもと同《おな》じ駅《えき》ですが、ひとつだけ、いつもと違《ちが》うことがあります。

いくら待《ま》っても先生《せんせい》が来《き》てくれない。これだけがいつもと違《ちが》います。

ハチにとって、いちばん大切《たいせつ》なことが……。

ハチ、先生《せんせい》をしのぶ

ハチが家《いえ》にもどると、だれもいません。

あれだけたくさんいた人《ひと》は、いったいどこに行《い》ってしまったのでしょう。

偲《しの》ぶ

すぎ去《さ》ったことや遠《とお》くはなれている人《ひと》、亡《な》くなった人をなつかしい気持《きも》ちで思《おも》い出《だ》すことを言《い》います。

○使《つか》い方《かた》の例《れい》

「故郷《こきょう》をしのぶ。」

「人柄《ひとがら》がしのばれる。」

告別式《こくべつしき》が終《お》わって、先生《せんせい》のお棺《かん》は霊柩車《れいきゅうしゃ》に乗《の》って火葬場《かそうば》に行《い》ってしまったのです。もちろん集《あつ》まった人《ひと》も火葬場《かそうば》に向《む》かいました。

「あら、ハチ、どこに行《い》ってたの？」

留守番《るすばん》をしているおとよさんがハチを見《み》つけました。

「ハチ、おなかが空《す》いたでしょ？　昨日《きのう》からかまってあげられなくてごめんね。今《いま》、お料理《りょうり》の残《のこ》りを持《も》って来《き》てあげるから。」

そう言《い》って、おとよさんは家《いえ》の奥《おく》に入《はい》ると、すぐにもどって来《き》ました。

「これ、告別式《こくべつしき》のお料理《りょうり》の残《のこ》り。ハチもこれを食《た》べて、先生《せんせい》をしのんでね。」

ハチは出《だ》された料理《りょうり》に口《くち》をつけることもなく、ただじっとふせていました。じっとふせることが、ハチのしのび方《かた》だったのかもしれません。

その日《ひ》からハチは、三日間《みっかかん》なにも食《た》べませんでした。

そして、先生《せんせい》のいない送《おく》り迎《むか》えをする以外《いがい》は、一日中《いちにちじゅう》、物置《ものおき》の中《なか》でじっとしてすごしました。

物置《ものおき》には、先生《せんせい》の服《ふく》や着物《きもの》などがしまってあったので、先生《せんせい》のにおいがするところにいたかったのでしょう。

上野英三郎先生《うえのひでさぶろうせんせい》がつくった東京帝国大学《とうきょうていこくだいがく》の農業土木学専修《のうぎょうどぼくがくせんしゅう》コースと、その研究《けんきゅう》内容《ないよう》は、現在《げんざい》も東京大学農学部《とうきょうだいがくのうがくぶ》の生物《せいぶつ》・環境工学専修《かんきょうこうがくせんしゅう》に引《ひ》きつがれています。

このような上野先生《うえのせんせい》の数々《かずかず》の業績《ぎょうせき》をたたえて、昭和《しょうわ》四十六年《ねん》（一九七一年《ねん》）に「上野賞《うえのしょう》」がつくられました。

上野賞《うえのしょう》は、農業《のうぎょう》や土木業《どぼくぎょう》の発展《はってん》に努力《どりょく》した人《ひと》に、毎年送《まいとしおく》られています。

第8章

そして上《うえ》野《の》家《け》は、ばらばらに

大黒柱《だいこくばしら》をなくした上野家《うえのけ》は

上野先生《うえのせんせい》が亡《な》くなって、四十九日《しじゅうくにち》がすぎました。あいかわらずハチは、毎日《まいにち》、渋谷駅《しぶやえき》まで送《おく》り迎《むか》えに行《い》きます。

「ハチ、先生《せんせい》はもういらっしゃらないんだ。駅《えき》に行《い》く必要《ひつよう》はないんだよ。おまえが行《い》くと、こっちまで悲《かな》しくなるんだ。もう行《い》くな。」

才《さい》ちゃんは、送《おく》り迎《むか》えをやめさせようとしました。

「才《さい》ちゃん、あなたの気持《きも》ちはよくわかるわ。わたし

四十九日《しじゅうくにち》
1 人《ひと》が亡《な》くなって、49日《にち》間《かん》のことを言《い》います。
2 仏教《ぶっきょう》における今生《こんじょう》と来世《らいせ》の中間期間《ちゅうかんきかん》のことを言《い》います。
3 人《ひと》が亡《な》くなって、49日《にち》目《め》に行《おこな》う法要《ほうよう》のことを言《い》います。

　ちなみに、今生《こんじょう》はこの世《よ》のことで、来世《らいせ》は死後《しご》の世界《せかい》です。法要《ほうよう》は仏教《ぶっきょう》の儀式《ぎしき》のことです。

も同《おな》じよ。でもね、ハチがそうしたいなら、させてあげてはどうかしら。ハチにも気持《きも》ちがあるのだから。」

八重夫人《やえふじん》はそう言《い》いました。

才《さい》ちゃんは、「こんなとき、上野先生《うえのせんせい》ならどうするか？」と考《かんが》えてみました。いろいろと先生《せんせい》の言葉《ことば》を思《おも》い出《だ》してみました。そして、「きっと先生《せんせい》ならハチの気持《きも》ちを大切《たいせつ》にするだろう。」と思《おも》いました。

「先生《せんせい》と奥《おく》さまは考《かんが》え方《かた》が似《に》ているなあ。やっぱり、ご夫婦《ふうふ》なんだなあ。」と、才《さい》ちゃんは思《おも》い、ふたりの絆《きずな》の強《つよ》さをあらためて感《かん》じました。

いつまでも思《おも》い出《で》にひたっていたいと思《おも》うのが人《ひと》の気持《きも》ちですが、そういうわけにもいきません。

先生《せんせい》という大黒柱《だいこくばしら》をなくした上野家《うえのけ》には、新《あたら》しい生《せい》活《かつ》が待《ま》っています。

理由《りゆう》はわかりませんが、上野先生《うえのせんせい》と八重夫人《やえふじん》は籍《せき》を入《い》れた正式《せいしき》な夫婦《ふうふ》ではありませんでした。

この時代《じだい》の法律《ほうりつ》は、籍《せき》を入《い》れていない女性《じょせい》につめたく、八重夫人《やえふじん》は先生《せんせい》の財産《ざいさん》を受《う》けることができません。

このような事情《じじょう》で、八重夫人《やえふじん》はお屋敷《やしき》のようなこの大《おお》きな家《いえ》を手《て》ばなさなくてはならなかったのです。

ある天気《てんき》の良《よ》い午後《ごご》。

八重夫人《やえふじん》は、「もうふたりともわかっていると思《おも》い

大黒柱《だいこくばしら》
1 建物《たてもの》を建《た》てるときに、最初《さいしょ》に中央《ちゅうおう》に建《た》てる太《ふと》い柱《はしら》のことです。
2 家族《かぞく》や団体《だんたい》において、その中心《ちゅうしん》になる人《ひと》のことを言《い》います。

ますけど、わたしはこの家《いえ》を手《て》ばなさなくてはなりません。ふたりには悪《わる》いのだけど……」と、おとよさんと才《さい》ちゃんにすまなそうに伝《つた》えました。

「奥《おく》さま、だいじょうぶです。わたしどもは子《こ》どもではありません。次《つぎ》のことは考《かんが》えております。」

才《さい》ちゃんが気《き》づかいます。となりでおとよさんもうなずいています。

「わたしは実家《じっか》にもどって、農業《のうぎょう》を手伝《てつだ》いながら勉強《べんきょう》を続《つづ》けます。」

才《さい》ちゃんはしっかりした口調《くちょう》で言《い》いました。

「そう、えらいわ。」

八重夫人《やえふじん》は、やさしい笑《え》みを口《くち》もとにつくりました。

「はい、生《う》まれ故郷《こきょう》の役《やく》に立《た》つ人間《にんげん》になると、先生《せんせい》にお約束《やくそく》しましたので……」

才《さい》ちゃんの目《め》に光《ひか》るものがあります。

「わたしは、親戚《しんせき》の家《いえ》で働《はたら》かせてもらいながら、次《つぎ》の働《はたら》き口《ぐち》をさがします。」

おとよさんが言《い》いました。

「苦労《くろう》かけるわね。ごめんなさい。」

「いいえ、奥《おく》さま、とんでもございません。こんなによくしてもらって……」

おとよさんは言葉《ことば》をつまらせてしまいました。

「本当《ほんとう》によくしてもらって……ううう」

とうとう才《さい》ちゃんは泣《な》き出《だ》してしまいました。

「やだわ、才《さい》ちゃん、子《こ》どもみたいに泣《な》いたりして。さっき自分《じぶん》で『子《こ》どもではありません』って言《い》ったばかりじゃない？」

八重夫人《やえふじん》が泣《な》き笑《わら》いをすると、おとよさんと才《さい》ちゃんも泣《な》きながら笑《わら》いました。

「ところで、奥《おく》さまはどうなさるんですか？」

腕《うで》で涙《なみだ》をぬぐいながら才《さい》ちゃんが聞《き》きました。

「つる子《こ》たちといっしょに、世《せ》田《た》谷《がや》に家《いえ》を借《か》りてくらすことにしたの。」

「それはようございました。久《ひさ》子《こ》ちゃんはまだ小《ちい》さいから、奥《おく》さまがいらっしゃったほうが、つる子《こ》お嬢《じょう》さまも安《あん》心《しん》でしょう。」と、おとよさんが言《い》いました。

「じゃ、ハチもいっしょに？」

大《おお》きなハチには広《ひろ》い庭《にわ》が必《ひつ》要《よう》です。才《さい》ちゃんは、ハチがどういう家《いえ》で生《せい》活《かつ》するのか心《しん》配《ぱい》だったのです。八《や》重《え》夫《ふ》人《じん》といっしょなら安《あん》心《しん》だと思《おも》いました。

「それがね、狭《せま》い家《いえ》だし、大《おお》家《や》さんが『犬《いぬ》は困《こま》ります』って……」

八《や》重《え》夫《ふ》人《じん》は表《ひょう》情《じょう》をくもらせました。

「じゃ、ハチは？」

不《ふ》安《あん》そうな声《こえ》の才《さい》ちゃんです。もちろん、おとよさんもハチのことが心《しん》配《ぱい》です。

「日本橋《にほんばし》にごふく屋《や》の親戚《しんせき》がいるので、そこにあずかってもらうことにしたの。」

「そうですか。それなら安心《あんしん》ですね。」

才《さい》ちゃんとおとよさんは、ほっとしました。

ごふく屋《や》さんでのくらし

「では、わたしの生活《せいかつ》が落《お》ち着《つ》くまで、ハチをお願《ねが》いします。」と、八重夫人《やえふじん》は頭《あたま》をさげました。

「上野先生《うえのせんせい》には、お客《きゃく》さんを紹介《しょうかい》してもらったりお世《せ》話《わ》になった。その先生《せんせい》がかわいがっていた犬《いぬ》だ。安心《あんしん》

呉服屋《ごふくや》
着物《きもの》の生地《きじ》を売買《ばいばい》する店《みせ》です。日本橋《にほんばし》は、江戸《えど》時代《じだい》から呉服屋《ごふくや》で有名《ゆうめい》なところです。

しなさい。」

ごふく屋《や》のご主人《しゅじん》は、よくとおる声《こえ》でそう言《い》ってくれました。

「おとなしくてしつけがちゃんとしているから、きっといい看板犬《かんばんけん》になるわ。」

奥《おく》さんも笑顔《えがお》でハチを向《む》かい入《い》れてくれました。

「では、どうか、よろしくお願《ねが》いいたします。」

八重夫人《やえふじん》は深《ふか》ぶかと頭《あたま》をさげると、早々《そうそう》に店《みせ》を出《で》てハチの顔《かお》を見《み》ないで帰《かえ》りました。

かい主《ぬし》が変《か》わったことが、このときのハチにわかるはずがありません。

早々《そうそう》

1 急《いそ》いでいるようすをあらわす言葉《ことば》です。

○使《つか》い方《かた》の例《れい》

「早々《そうそう》に勉強《べんきょう》を終《お》わらせて、ゲームをはじめる。」

2 その状態《じょうたい》になってすぐという意味《いみ》で使《つか》います。

○使《つか》い方《かた》の例《れい》

「開店早々《かいてんそうそう》から忙《いそが》しい。」

店《みせ》の狭《せま》い裏庭《うらにわ》でリードにつながれて、おとなしく八《や》重《え》夫《ふ》人《じん》がもどって来《く》るのを待《ま》っています。

八《や》重《え》夫《ふ》人《じん》がすぐに帰《かえ》ってしまったのは、ハチとの別《わか》れがつらかったからです。

八《や》重《え》夫《ふ》人《じん》にとって、ハチはただのかい犬《いぬ》ではありません。上野《うえの》先生《せんせい》の大事《だいじ》な形見《かたみ》なのです。その形見《かたみ》を手《て》ばなさなくてはならない。これはとてもつらいことです。ハチとの別《わか》れがつらすぎて、顔《かお》を見《み》ることもできずに八《や》重《え》夫《ふ》人《じん》は立《た》ち去《さ》ったのです。

ごふく屋《や》さんのご夫婦《ふうふ》も従業員《じゅうぎょういん》もハチをかわいがっ

形見《かたみ》
亡《な》くなった人《ひと》の持《も》ち物《もの》を自分《じぶん》が持《も》っていることです。
その品物《しなもの》を持《も》っていることで、亡《な》くなった人《ひと》の思《おも》い出《で》を大切《たいせつ》にします。
○使《つか》い方《かた》の例《れい》
「父《ちち》の形見《かたみ》の万年筆《まんねんひつ》を大《たい》切《せつ》にする。」

てくれました。

けれど、ごふく屋《や》さんには上野先生《うえのせんせい》の家《いえ》のような広《ひろ》い庭《にわ》はなく、狭《せま》い裏庭《うらにわ》にリードにつながれてくらすことになりました。

ましてごふく屋《や》さんは朝早《あさはや》くから夜遅《よるおそ》くまでいそがしいので、散歩《さんぽ》ができない日《ひ》もあります。

たまに店先《みせさき》につながれることもありました。

「あら、大《おお》きくてりっぱな犬《いぬ》ねえ。秋田犬《あきたいぬ》かしら。おとなしくかわいいわ。」

道《みち》を行《い》く人《ひと》が立《た》ち止《ど》まってハチをなでてくれます。ハチにとってうれしいひとときでした。

ところが、犬《いぬ》が好《す》きな人《ひと》ばかりではありません。

「入口《いりぐち》にあんな大《おお》きな犬《いぬ》がいたんじゃ、こわくて入《はい》れないわ。」

「飛《と》びかかられて尻《しり》もちをついた人《ひと》がいたらしいわ。」

体高《たいこう》が六十センチもあるので、こわがる人《ひと》の気《き》持《ち》ちもわかりますが……。

ある日《ひ》、リードがほどけて動《うご》きが自由《じゆう》になったハチは、うれしくなって店《みせ》の中《なか》に入《はい》って来《き》ました。ご主人《しゅじん》が奥《おく》にいます。ハチはご主人《しゅじん》にかまってもらいたくて走《はし》り出《だ》しました。台《だい》に積《つ》まれた反物《たんもの》にからだがぶつかってもハチは平気《へいき》で走《はし》ります。台《だい》から反物《たんもの》がばさばさと落《お》ちてしまいました。

「こら！　なにをしてるんだ！」

体高《たいこう》

犬《いぬ》が立《た》ったときの足《あし》から首《くび》のつけ根《ね》（キ甲部《こうぶ》）までの高《たか》さです。

ご主人《しゅじん》がどなりました。ハチはその大声《おおごえ》を喜《よろこ》ぶ声《こえ》だとかんちがいして、ご主人《しゅじん》に飛《と》びつきました。あのころ上野先生《うえのせんせい》にしたように。

「ひぇ、なにやってんだ！　そんな大《おお》きなからだで飛《と》びつくやつがあるか！」

これまで、ハチの苦情《くじょう》を聞《き》き流《なが》していたご主人《しゅじん》でしたが、これ以上《いじょう》ハチをかうのは無理《むり》だと思《おも》いました。

日本橋《にほんばし》の次《つぎ》は浅草《あさくさ》へ

「店《みせ》の中《なか》を荒《あら》らされては商売《しょうばい》にかかわります。もう無理《むり》です。」

ごふく屋《や》さんから電話《でんわ》をもらった八重夫人《やえふじん》は、次《つぎ》に浅草《あさくさ》にいる親戚《しんせき》の高橋《たかはし》さんにお願《ねが》いしました。

高橋《たかはし》さんの家《いえ》は、理髪店《りはつてん》のいすをつくって売《う》る仕事《しごと》をしています。高橋《たかはし》さんご夫婦《ふうふ》はもちろん、職人《しょくにん》さんもハチをかわいがってくれました。ここでもハチは、道《みち》に面《めん》したところに一日中《いちにちじゅう》つながれてすごしました。広《ひろ》い庭《にわ》がないのでしょうがありません。

ところで、浅草《あさくさ》は子《こ》どもが多《おお》い町《まち》です。

子《こ》どもたちは学校《がっこう》が終《お》わると、雷門《かみなりもん》に集《あつ》まって仲見世《なかみせ》や浅草寺《せんそうじ》の本堂《ほんどう》で、かくれんぼをしたり鬼《おに》ごっこをしたり、元気《げんき》に走《はし》りまわって遊《あそ》びます。道《みち》につながれたハチは大《おお》きいので目立《めだ》ちます。子《こ》どもたちのいたずらの的《まと》になってしまいました。

子《こ》どもたちはハチを木《き》の枝《えだ》でつっついたり、耳《みみ》をひっぱったり、しっぽをひっぱったりしました。おっとりしたハチはされるままです。

「だれが最初《さいしょ》にほえさせるか競争《きょうそう》だ！」

子《こ》どもたちはおもしろがって、ハチがほえるまでしつこくいたずらします。

〝ワン！〟

さすがのハチも、あまりしつこくされるとほえます。

ハチがほえると、子《こ》どもたちは「ワーイ！」と、かん声《せい》をあげながら走《はし》って逃《に》げました。

こんないたずらや散歩《さんぽ》にいけないストレスで、ハチは道《みち》を歩《ある》いている人《ひと》がそばに来《く》ると、ほえるようになってしまいました。

「浅草《あさくさ》はお年寄《としよ》りや子《こ》どもの多《おお》い町《まち》だ。『大《おお》きな犬《いぬ》がほえる』と言《い》って、みんながこわがっている。あの犬《いぬ》がかんだりケガをさせてからでは遅《おそ》い。なんとかならんかね。」

こんな注意《ちゅうい》を受《う》けて、高橋《たかはし》さんは「もうハチをあずかることはできない」と考《かんが》えました。

やっと八重夫人《やえふじん》とくらせたのに

高橋《たかはし》さんからハチをもどされた八重夫人《やえふじん》は、困《こま》ってしまいました。いろいろ悩《なや》んだあげく、大家《おおや》さんに事情《じじょう》を説明《せつめい》して、ハチをかうことをなんとか許《ゆる》してもらいました。

八重夫人《やえふじん》とつる子《こ》さん夫妻《ふさい》、そして久子《ひさこ》ちゃんの住《す》む家《いえ》は世田谷《せたがや》にあります。ところがここも広《ひろ》い庭《にわ》がありません。

広《ひろ》い庭《にわ》で育《そだ》ったハチにとって、リードにつながれる生活《せいかつ》がどれほどつらいものなのか、八重夫人《やえふじん》はわかっています。つながないで自由《じゆう》にさせてあげることにしました。

自分《じぶん》をわかってくれる八重夫人《やえふじん》のもとに、もどって来《き》たハチ。これから幸《しあわ》せな生活《せいかつ》がずっと続《つづ》くはずでした。

当時《とうじ》の世田谷《せたがや》は、畑《はたけ》と田《た》んぼが広《ひろ》がる町《まち》です。自由《じゆう》に動《うご》けるハチに、道《みち》も畑《はたけ》も関係《かんけい》ありません。スズメやチョウを追《お》って、畑《はたけ》の中《なか》を走《はし》りまわることもありました。作物《さくもつ》をふみ荒《あ》らしてしまいます。農家《のうか》の人《ひと》は、おこってハチを追《お》い払《はら》いました。もちろん、毎日《まいにち》畑《はたけ》を荒《あ》らしているわけではありませんし、農家《のうか》の人《ひと》が動物《どうぶつ》にやさしいこともあって、八重夫人《やえふじん》の耳《みみ》に苦情《くじょう》が入《はい》ることはありませんでした。

ところがそんなある日《ひ》、八重夫人《やえふじん》は農家《のうか》の人《ひと》に追《お》い払《はら》われるハチを目撃《もくげき》してしまったのです。

このときはじめて、ハチが畑《はたけ》を荒《あ》らしていることを知《し》りました。

上野先生《うえのせんせい》があれほど愛《あい》した畑《はたけ》をハチが荒《あ》らしていることが、八重夫人《やえふじん》にはとてもショックでした。

先生《せんせい》がそんなハチを見《み》たら、さぞ悲《かな》しむだろうと思《おも》いました。

いろいろ考《かんが》えたあげく、八重夫人《やえふじん》は植木職人《うえきしょくにん》の菊《きく》さんに相談《そうだん》することにしたのです。

第9章

ハチ、渋谷《しぶや》にもどる

菊《きく》さんの決断《けつだん》

菊《きく》さんの家《いえ》のラジオから、童謡《どうよう》の『あの町《まち》この町《まち》』が流《なが》れています。心《こころ》にしみる物悲《ものがな》しい曲《きょく》です。

菊《きく》さんはラジオをけすと、「奥《おく》さまがいらっしゃるなんてびっくりしました。お会《あ》いするのは二年《ねん》ぶりでしょうか?」と緊張《きんちょう》した声《こえ》で言《い》いました。

突然《とつぜん》、八重夫人《やえふじん》が訪《たず》ねて来《き》たので、なんの話《はなし》だろうとかたくなっているのです。

「そうねえ。主人《しゅじん》の葬式《そうしき》以来《いらい》かしら。菊《きく》さんにはお世《せ》

物悲《ものがな》しい
とても悲《かな》しいわけではなく、なんとなく悲《かな》しい気持《きも》ちのことを言《い》います。

かまける
あることに気《き》をとられて、ほかのことを行《おこな》わないことを言《い》います。
○使《つか》い方《かた》の例《れい》
「ゲームにかまけて勉強《べんきょう》をしない。」

話《わ》になったから、きちんとあいさつにうかがおうと思《おも》っていたけど、忙《いそが》しさにかまけてすみませんでした。」

「とんでもございません。こちらこそ。」

古《ふる》いちゃぶ台《だい》をはさんで、八重夫人《やえふじん》と菊《きく》さんが正座《せいざ》しています。

緊張《きんちょう》でのどがかわいた菊《きく》さんは、お茶《ちゃ》をすすってから、「世田谷《せたがや》で、つる子《こ》お嬢《じょう》さまご夫婦《ふうふ》といっしょに住《す》んでいると聞《き》いています。久子《ひさこ》お嬢《じょう》さまも大《おお》きくなったことでしょう。」と聞《き》きました。

「ええ、おかげさまで三歳《さい》になりました。」

「三歳《さい》ですか？　もうそんなになりますか。いやあ、子《こ》どもが大《おお》きくなるのは早《はや》いもんだ。」

「それでね、菊《きく》さん。お願《ねが》いがあるの。」

「は、はい。」

意《い》を決《けっ》したように八《や》重《え》夫《ふ》人《じん》が切《き》り出《だ》したので、菊《きく》さんはびっくりしてしまいました。

「ハチがね。」

「ああ、ハチですか。なつかしいなあ。それこそでっかくなったでしょう。」

ハチの名《な》前《まえ》が出《で》て少《すこ》し安《あん》心《しん》したのか、菊《きく》さんの口《くち》が軽《かろ》やかになりました。

「そうなのよ。大《おお》きくなってどこにあずけても、もてあまされちゃうの。」

八《や》重《え》夫《ふ》人《じん》のみけんのあたりに「困《こま》ったわ」というよ

意《い》を決《けっ》する
「思《おも》いきって」「覚《かく》悟《ご》を決《き》める」などの意《い》味《み》があります。

うなしわが寄《よ》ります。

「はあ……」

「わたしの親戚《しんせき》にあずけたの。まず日本橋《にほんばし》のごふく屋《や》。店《みせ》の中《なか》であばれちゃって。次《つぎ》に浅草《あさくさ》の親戚《しんせき》。ここでは近所《きんじょ》の人《ひと》たちと仲《なか》よくできなくて。」

「犬《いぬ》をかうのはむずかしいから。」と、菊《きく》さんは親戚《しんせき》とハチの両方《りょうほう》をかばいました。

「それでしょうがなくて、わたしの家《いえ》でかうことにしたの。」

「そうですか。それはよかった。ハチも喜《よろこ》んだでしょう。」

「喜《よろこ》んだわ。わたしたちもうれしかった。でも、喜《よろこ》びすぎて近所《きんじょ》の畑《はたけ》を荒《あ》らしちゃって。」

「それは大変《たいへん》だ。」

「それでね、菊《きく》さん、お願《ねが》いがあるの。」

「へえ、奥《おく》さまのたのみならなんでも。」

「もっと広《ひろ》い家《いえ》に住《す》めるようになって、わたしがきちんとかえるようになるまで、ハチをあずかってほしいの、菊《きく》さん。」

ハチのような大《おお》きな犬《いぬ》をかうのはだれでも大変《たいへん》です。気《き》が引《ひ》けるお願《ねが》いです。

「え？　このおれがハチを!?」

「そう、もう菊《きく》さんしかいないのよ。大変《たいへん》なのはわかっています。でも、菊《きく》さんならハチのあつかいになれているし……」

腕《うで》を組《く》んで下《した》を向《む》いたまま、菊《きく》さんはだまってしまいました。

「奥《おく》さまのたのみだし、このへんは世田谷《せたがや》よりも畑《はたけ》は少《すく》ないし、なんと言《い》ってもハチが育《そだ》ったところだからいいと思《おも》います。でも……」

八重夫人《やえふじん》は、菊《きく》さんの話《はなし》の続《つづ》きをだまって待《ま》ちます。

「でも、上野先生《うえのせんせい》の大切《たいせつ》な形見《かたみ》のハチをあずかって、もし、なにかあったら……」

ふたりともだまってしまいました。どうすることがいちばんいいのか考《かんが》えているのです。

〝チクタク、チクタク〟

柱時計《はしらどけい》の音《おと》だけがひびきます。

「菊《きく》さん、じゃあ、もらっていただけるかしら?」

しずけさをやぶるように、八重夫人《やえふじん》が口《くち》を開《ひら》きました。決心《けっしん》を感《かん》じる声《こえ》です。

「ハチを手《て》ばなしてもいいって言《い》うんですか?　ハチは先生《せんせい》の大切《たいせつ》な形見《かたみ》じゃありませんか?」

ハチが育《そだ》った渋谷《しぶや》
この時代《じだい》の渋谷《しぶや》は、国《くに》田独歩《だどっぽ》(1871~1908年《ねん》千葉県出身《ちばけんしゅっしん》)の短《たん》編小説《ぺんしょうせつ》『武蔵野《むさしの》』(1898年《ねん》[明治《めいじ》31年《ねん》]発表《はっぴょう》)が参考《さんこう》になります。
林《はやし》や田畑《たばた》が多《おお》く、人《ひと》の生活《せいかつ》と自然《しぜん》が、やさしく入《い》り交《ま》じるところだったようです。

「そうね。手《て》ばなしてもいいと言《い》ったらうそになるわ。でもね、いちばん大事《だいじ》なのはハチの幸《しあわ》せでしょ？　主人《しゅじん》がいたら、きっとそう考《かんが》えると思《おも》うの。」

八重夫人《やえふじん》は下《した》を向《む》いたまま白《しろ》いハンカチをじゅっとにぎって、小《ちい》さな声《こえ》をふるわせました。つらい気持《きも》ちをおさえているのです。

「ハチの幸《しあわ》せ……。そうですね、先生《せんせい》ならきっとそう考《かんが》えるでしょうね。」

そして少《すこ》しの間《あいだ》、菊《きく》さんはだまって考《かんが》えました。正座《せいざ》したひざの上《うえ》につくった両方《りょうほう》のこぶしを見《み》つめています。

どのぐらいだまっていたでしょうか。

やがてゆっくり顔《かお》をあげると、お茶《ちゃ》をぐっと飲《の》んで、「わかりました。おれが責任《せきにん》をもってハチをかいましょう。」と、菊《きく》さんは力強《ちからづよ》く言《い》いました。

菊《きく》さんの家族《かぞく》になったハチ

このようにして、ハチはふるさとの渋谷《しぶや》にもどって来《き》ました。

上野先生《うえのせんせい》が亡《な》くなって二年《ねん》がすぎていました。

菊《きく》さんの家《いえ》は、かつて才《さい》ちゃんが散歩《さんぽ》コースにした代々木《よよぎ》の練兵場《れんぺいじょう》のそばにありました。

菊《きく》さん夫妻《ふうふ》と四人《にん》の息子《むすこ》さん、四人《にん》の娘《むすめ》さん、そして菊《きく》さんの弟《おとうと》の友吉《ともきち》さんという大家族《だいかぞく》です。

「わあ、でかいなあ。子馬《こうま》みたいだ。」

「からだがこんなに大《おお》きいのに、目《め》がちっちゃくてかわいいわ！」

「白《しろ》い毛《け》がふわふわ。」

子《こ》どもたちはハチを囲《かこ》んで大《おお》さわぎです。

「いいか、おまえたち、ハチのめんどうをちゃんとみるんだぞ。散《さん》歩《ぽ》を忘《わす》れるな。」

菊《きく》さんもうれしそうです。上《うえ》野《の》先《せん》生《せい》が世《せ》話《わ》をしていたようすを思《おも》い出《だ》して、「毛《け》にブラシをかけるんだぞ。」と、つけ足《た》しました。

「おとうさん、散《さん》歩《ぽ》はどこに連《つ》れて行《い》ったらいいかな？」

息《むす》子《こ》さんが聞《き》きました。

「そうだなあ……渋《しぶ》谷《や》駅《えき》まで行《い》って帰《かえ》って来《く》ればいいだろう。往《おう》復《ふく》で四十分《ぷん》ぐらいだ。」

菊《きく》さんは、ハチが先《せん》生《せい》の送《おく》り迎《むか》えで渋《しぶ》谷《や》駅《えき》に行《い》っていたことを覚《おぼ》えていて、渋《しぶ》谷駅《やえき》がいいと思《おも》ったのです。

ハチの犬小屋《いぬごや》は庭《にわ》のすみに用意《ようい》されました。菊《きく》さんの子《こ》どもたちは、ハチのめんどうをよくみました。近所《きんじょ》に、こんなに大《おお》きな犬《いぬ》をかっている家《いえ》はありません。ハチといっしょに歩《ある》くと、すれちがう人《ひと》が注目《ちゅうもく》するので、ちょっと得意《とくい》です。

ところで、子《こ》どもたちが連《つ》れて行《い》く散歩《さんぽ》とはべつに、ハチは庭《にわ》の外《そと》に出《で》て行《い》きました。朝《あさ》と夕方《ゆうがた》です。

「おとうさん、ハチが毎日《まいにち》、かってに外《そと》に出《で》てるよ。」と、息子《むすこ》さんが心配《しんぱい》そうに言《い》いました。

「ここはハチが育《そだ》った場所《ばしょ》だから、幼《おさな》なじみにでも会《あ》いに行《い》ってるんじゃないか。

ちゃんともどってるんだから、心配《しんぱい》しなくてもだいじょうぶだ。」

菊《きく》さんは気《き》にとめません。

「まあ、そうだけど……やっぱり心配《しんぱい》だよ。」

「じゃ、おまえは『かってに遊《あそ》びに行《い》くな』と言《い》われたらどう思《おも》う？　いやだろ？」

「そりゃ、そうさ。」

「ハチだって同《おな》じだよ。上野先生《うえのせんせい》がしつけた犬《いぬ》だ。人《ひと》にめいわくをかけるようなことをするわけがねえ。心配《しんぱい》すんなって。」

菊《きく》さんは子犬《こいぬ》のときからハチを知《し》っているので、だれよりもハチを信《しん》じているのです。

ハチのなぞの行動《こうどう》

毎日《まいにち》ハチは、朝《あさ》と夕方《ゆうがた》の決《き》まった時間《じかん》に出《で》て行《い》ってはもどって来《き》ました。決《き》まった時間《じかん》の行動《こうどう》ということもあって、菊《きく》さん一家《いっか》は安心《あんしん》してハチを自由《じゆう》にさせました。

そんなある日《ひ》、菊《きく》さんは仕事帰《しごとがえ》りに、ひとりで歩《ある》いているハチをぐうぜん見《み》かけました。

「いい機会《きかい》だ。ちょっとあとをつけてみよう。」

菊《きく》さんは、距離《りょり》をとって注意深《ちゅういぶか》くハチのあとをついて行《い》きました。

道《みち》を歩《ある》くとき、地面《じめん》に鼻《はな》を近《ちか》づけて興味《きょうみ》のあるにおいがあると立《た》ち止《ど》まる犬《いぬ》もいます。けれどハチは違《ちが》います。わき目《め》もふらず、まっすぐ前《まえ》を向《む》いてマイペースで歩《ある》いています。

「やっぱりハチには品《ひん》があるな。そこらの犬《いぬ》とはわけが違《ちが》う。」

自分《じぶん》たちがいないところでも、きちんとしているハチを見《み》て、菊《きく》さんはうれしくなりました。

すたすた歩《ある》くハチは、まるでなにか目的《もくてき》があって歩《ある》いているように見《み》えます。菊《きく》さんは興味津々《きょうみしんしん》です。

「あれ？　このあたりは上野先生《うえのせんせい》の家《いえ》のそばじゃないか。」

ハチは大通《おおどお》りを右《みぎ》に入《はい》りました。そこには上野先生《うえのせんせい》

興味津々《きょうみしんしん》
興味《きょうみ》や関心《かんしん》の強《つよ》いようすをあらわす言葉《ことば》です。ちなみに、「津々《しんしん》」はあふれ出《で》るという意味《いみ》です。

の大《おお》きな家《いえ》があります。今《いま》はもう違《ちが》う人《ひと》が住《す》んでいますが……。

菊《きく》さんはハチに見《み》つからないように、曲《ま》がり角《かど》から顔《かお》だけ出《だ》してようすを見《み》ました。

ハチは家《いえ》の前《まえ》にすわって、じっと門《もん》を見《み》つめています。

門《もん》が開《あ》くのを待《ま》っているのでしょうか。先生《せんせい》をなつかしんでいるのでしょうか。

そして、しばらくするとハチは立《た》ち上《あ》がり、また歩《ある》き出《だ》しました。

「次《つぎ》はどこに行《い》くんだろう？」

菊《きく》さんは気《き》になってしょうがありません。

さっきと同《おな》じように、ハチはまっすぐ前《まえ》を向《む》いてマイペースで歩《ある》きます。

「おや、これは渋谷駅《しぶやえき》に行《い》く道《みち》だぞ。」

ハチはタバコ屋《や》さんの前《まえ》を通《とお》りすぎました。

菊《きく》さんは「おひさしぶり。」と、おばあさんに声《こえ》をかけました。

「あら、菊《きく》さん、めずらしいじゃない？」

おばあさんは人《ひと》のよさそうな笑顔《えがお》を見《み》せます。

「今《いま》、ハチが通《とお》ったの、見《み》た？」

「ええ、ええ、見《み》ましたよ。しばらく見《み》なかったけど、最近《さいきん》また見《み》かけるようになったわね。」

おばあさんは、ハチが日本橋《にほんばし》や浅草《あさくさ》にあずけられたことを知《し》りません。

「ありがとう。じゃまた。」

「あら、菊《きく》さん、そんなに急《いそ》いでどうしたの？」

見失《みうしな》ってはいけないと思《おも》った菊《きく》さんは、おばあさんの質問《しつもん》に答《こた》える時間《じかん》もおしんで先《さき》を急《いそ》ぎます。

そして、渋谷駅《しぶやえき》まで来《き》たハチは、改札口《かいさつぐち》のそばにすわりました。

夕方《ゆうがた》の渋谷駅《しぶやえき》は行《い》き交《か》う人《ひと》でいっぱいです。

あのころと同《おな》じように、ハチはおどろいたりこわがったりしません。ただじっと改札口《かいさつぐち》の中《なか》を見《み》つめています。

そうです。ハチは帰《かえ》って来《く》るはずのない上野先生《うえのせんせい》を待《ま》つために、毎日《まいにち》ここに来《き》ていたのです。

「ハチ、おまえは先生《せんせい》とのきずなを忘《わす》れていなかったんだな。なんていいやつなんだ、ハチ、おまえってやつは。」

菊《きく》さんはハチに声《こえ》をかけずに、ゆっくりと背《せ》を向《む》けて歩《ある》き出《だ》しました。

じっと待《ま》つハチの姿《すがた》を見《み》て、声《こえ》をかけてはいけないような気《き》がしたのです。

ハチの行動《こうどう》をじゃましてはいけない。
ハチの好《す》きなようにしてあげよう。
ハチを自由《じゆう》にしてあげよう。

そう思《おも》いながら、菊《きく》さんは夕焼《ゆうや》けの中《なか》を歩《ある》きました。
涙《なみだ》をこらえて……。

第10章

変《か》わる渋谷駅《しぶやえき》 変《か》わらないハチ

毎日《まいにち》、渋谷駅《しぶやえき》にいれば

上野先生《うえのせんせい》が亡《な》くなって、すでに五年《ねん》がたち、ハチは六歳半《さいはん》になっていました。人間《にんげん》でいえば五十歳《さい》ぐらいです。

五年《ねん》という月日《つきひ》は、いろいろものを変《か》えました。昭和《しょうわ》になると、東急東横線《とうきゅうとうよこせん》が通《とお》るなど渋谷駅《しぶやえき》はどんどんにぎやかになりました。

一方《いっぽう》で、世界的《せかいてき》な不景気《ふけいき》が日本《にほん》にも飛《と》び火《ひ》して、昭《しょう》和《わ》五年《ねん》（一九三〇年《ねん》）、昭和恐慌《しょうわきょうこう》と呼《よ》ばれる不景気《ふけいき》が日《に》

東急東横線《とうきゅうとうよこせん》

渋谷駅《しぶやえき》と横浜駅《よこはまえき》を結《むす》ぶ鉄道《てつどう》です。

大正《たいしょう》15年《ねん》（1926年《ねん》）に東京横浜電鉄《とうきょうよこはまでんてつ》が丸子多《まるこた》摩川駅《まがわえき》（現《げん》・多摩川駅《たまがわえき》）と神奈川駅《かながわえき》（現《げん》・廃止《はいし》）の間《あいだ》で開業《かいぎょう》しました。

そして昭和《しょうわ》2年《ねん》（1927年《ねん》）、渋谷駅《しぶやえき》と丸子《まるこ》多摩川駅《たまがわえき》がつながりました。

本全体《ほんぜんたい》をおそいました。

上野先生《うえのせんせい》を知《し》る人《ひと》も、もう少《すく》なくなっています。「いつも先生《せんせい》が連《つ》れている犬《いぬ》」というよりも、今《いま》では「渋谷駅《しぶやえき》に毎日《まいにち》いる大きな犬《いぬ》」として、ハチを知《し》っている人《ひと》のほうが多《おお》くなりました。

それでもハチの行動《こうどう》は変《か》わりません。雨《あめ》の日《ひ》も風《かぜ》の日《ひ》も、毎日渋谷駅《まいにちしぶやえき》に通《かよ》います。

当時《とうじ》、渋谷駅《しぶやえき》の前《まえ》には屋台《やたい》が並《なら》んでいました。やき鳥《とり》の屋台《やたい》、おでんの屋台《やたい》、そばの屋台《やたい》。仕事帰《しごとがえ》りの人《ひと》が、やき鳥《とり》やおでんなどをつまみながら、軽《かる》く

昭和恐慌《しょうわきょうこう》
昭和《しょうわ》4年《ねん》(1929年《ねん》)にアメリカからはじまった世界的《せかいてき》な不景気《ふけいき》が、翌《よく》年日本《としにほん》に飛《と》び火《ひ》しておこった不景気《ふけいき》のことです。
つぶれた会社《かいしゃ》は1000社《しゃ》とも言《い》われ、戦前《せんぜん》の日本《にほん》でもっとも深刻《しんこく》な不《ふ》景気《けいき》になりました。
昭和《しょうわ》8年《ねん》(1933年《ねん》)に、やっと不景気前《ふけいきまえ》の景《けい》気《き》にもどりました。

お酒《さけ》を飲《の》む場所《ばしょ》です。

夕方《ゆうがた》、ハチが渋谷駅《しぶやえき》に現《あらわ》れる時間《じかん》と屋台《やたい》が並《なら》びはじめる時間《じかん》が、ちょうど同《おな》じでした。

「いったいおまえは、なんのために毎日《まいにち》ここにいるんだ？　ほら食《た》べな。」

屋台《やたい》のおやじさんが、やき鳥《とり》を串《くし》からはずして、ぽいっとハチに投《な》げて寄《よ》こしました。やき鳥《とり》といえば、お花見《はなみ》で菊《きく》さんにはじめて食《た》べさせてもらったハチの好物《こうぶつ》です。

ハチは足《あし》もとに投《な》げられたやき鳥《とり》を、ぱくっと食《た》べます。でも自分《じぶん》からねだることはありません。菊《きく》さんがきちんと食《た》べさせてくれているからです。

「また、あの大《おお》きな犬《いぬ》が来《き》てますね。わざわざこんな人《ひと》ごみに来《こ》なくても、ほかにもっといい場所《ばしょ》がありそうなものだけど。やっぱりやき鳥《とり》が目当《めあ》てですかね？」

駅前《えきまえ》の交番《こうばん》の若《わか》いおまわりさんが言《い》いました。

「朝《あさ》も来《き》てるだろ？　やき鳥《とり》が目当《めあ》てなら朝《あさ》は来《こ》ないいんじゃないか？　あの犬《いぬ》は大学《だいがく》のえらい先生《せんせい》がかっていたんだ。それで、その先生《せんせい》を毎日送《まいにちおく》り迎《むか》えしていたんだ。もう五年《ねん》も前《まえ》にその先生《せんせい》は亡《な》くなってしまったけどな。」と、年輩《ねんぱい》のおまわりさんが説明《せつめい》しました。

「五年《ねん》も前《まえ》に死《し》んだんなら、駅《えき》に来《き》てもしょうがないってことぐらい犬《いぬ》にだってわかるでしょう？　バカな犬《いぬ》だなあ。」

若《わか》いおまわりさんの感想《かんそう》に対《たい》して、年輩《ねんぱい》のおまわりさんはなにも言《い》いませんでした。

〝カチカチカチ、カチカチカチカチカチ〟

電車《でんしゃ》が着《つ》くまでのちょっとした時間《じかん》、改札口《かいさつぐち》の駅員《えきいん》さんが改札《かいさつ》バサミをリズミカルにならしています。

「あの犬《いぬ》、今日《きょう》も来《き》てる。それにしてもおとなしい犬《いぬ》だなあ。『じゃまだ』と言《い》ってけとばす酔《よ》っぱらいもいるというのに、ほえたところを見《み》たことないもんな。」

駅員《えきいん》さんは仕事《しごと》をしながら、やき鳥屋《とりや》のおやじさんにかわいがられるハチを見《み》ていました。

もはや渋谷駅《しぶやえき》でハチを知《し》らない駅員《えきいん》さんはいません。それぐらいハチは渋谷《しぶや》の町《まち》にとけこんでいました。

改札《かいさつ》バサミ
平成《へいせい》2年《ねん》（1990年《ねん》）に自動改札機《じどうかいさつき》が多《おお》くの駅《えき》で使用《しよう》されるようになりました。それ以前《いぜん》は、改《かい》札口《さつぐち》に駅員《えきいん》さんが立《た》っていて、キップにハサミの切《き》り込《こ》みを入《い》れていたのです。その切《き》り込《こ》みを入《い》れるのが改札《かいさつ》バサミです。改札《かいさつ》バサミは、鉄《てつ》でできていて、カチカチとい い音《おと》がしました。

毎日駅前《まいにちえきまえ》にいれば、いろいろなことがあります。

もちろん、いいことばかりではありません。

仕事《しごと》のうっぷんばらしにハチをけとばす人《ひと》もいれば、「商売《しょうばい》のじゃまだ！」と、どなって水《みず》をかける屋台《やたい》もあります。

「ちょっと、あの大《おお》きな犬《いぬ》、こわくしょうがないわ。おっぱらってよ。」と、駅員《えきいん》さんに文句《もんく》を言《い》う人《ひと》もいます。

子《こ》どもたちのいたずらの的《まと》になることもありました。

スミで顔《かお》にメガネを描《か》かれたり、八《はち》の字《じ》のヒゲを描《か》かれることも、一度《いちど》や二度《にど》ではありません。

それでもハチは、渋谷駅《しぶやえき》に来《く》ることをやめませんでした。

ハチを助《たす》けた紳士《しんし》

むし暑《あつ》い夏《なつ》の夜《よる》でした。

「首輪《くびわ》を取《と》っちまえば、野犬捕獲人《やけんほかくにん》に捕《つか》まるだろうよ。そうすれば、この目《め》ざわりな犬《いぬ》も一巻《いっかん》の終《お》わりだ。」

酔《よ》っぱらった男《おとこ》がふたりで、ハチの首輪《くびわ》をはずそうとしています。ハチはされるままです。本当《ほんとう》におとなしいハチ。

「ちょっときみたち、なにをしているのかね?」

背《せ》のあまり高《たか》くない小太《こぶと》りの紳士《しんし》が注意《ちゅうい》をしました。

「チッ。」

気《き》まずくなった酔《よ》っぱらいは、どこかに逃《に》げてしまいました。

紳士《しんし》は取《と》れかかった首輪《くびわ》をなおすと、交番《こうばん》にやって来《き》ました。

「いつもあそこにいるあの犬《いぬ》なんだが、いじめられていたら助《たす》けてやることはできないものかね？」

紳士《しんし》はおまわりさんに相談《そうだん》しました。

「そうは言《い》っても、あそこは公共《こうきょう》の場所《ばしょ》だから、あそこにいるほうが悪《わる》いという意見《いけん》にも一理《いちり》あるし、人間《にんげん》じゃなくて犬《いぬ》だから、われわれはどうすることもできないんですよ。」と、年輩《ねんぱい》のおまわりさんが答《こた》えました。

一巻《いっかん》の終《お》わり
悪《わる》い結論《けつろん》が出《で》ることを言《い》う言葉《ことば》です。とくに死《し》ぬことなどに使《つか》う場合《ばあい》が多《おお》いです。

一理《いちり》ある
完全《かんぜん》に正《ただ》しいとは言《い》えないまでも、納得《なっとく》できる理屈《りくつ》や道理《どうり》があるという意味《いみ》です。
○使《つか》い方《かた》の例《れい》
「反対意見《はんたいいけん》にも一理《いちり》ある。」

「それにしても、どうしてあの犬《いぬ》はいつも駅前《えきまえ》にいるのかね？」

おまわりさんは、かつてハチがかい主《ぬし》を送《おく》り迎《むか》えしていたことやそのかい主《ぬし》が亡《な》くなってしまった今《いま》も、駅《えき》に迎《むか》えに来《き》ていることを教《おし》えてくれました。

「かい主思《ぬしおも》いのそんな犬《いぬ》がいるなんておどろきだ。そんなに忠実《ちゅうじつ》な犬《いぬ》なら、なんとかしてあげなくては。」

決心《けっしん》した表情《ひょうじょう》で、紳士《しんし》は交番《こうばん》をあとにしました。

菊《きく》さんと日本犬保存会《にほんけんほぞんかい》の会長《かいちょう》

ハチを助《たす》けた紳士《しんし》は、日本犬保存会《にほんけんほぞんかい》の斎藤弘吉会長《さいとうひろきちかいちょう》でした。

「あの犬《いぬ》をいじめから助《たす》けるには、まずはかい主《ぬし》の意見《いけん》を聞《き》かないと、なにもはじまらない。」と、斎藤会長《さいとうかいちょう》は考《かんが》えて菊《きく》さんに会《あ》うことにしました。

「あなたは、ハチが渋谷駅《しぶやえき》でいじめられていることを知《し》っていますか？」

斎藤会長《さいとうかいちょう》は責《せ》めるように菊《きく》さんに質問《しつもん》しました。

「ええ、そりゃ、顔《かお》にらくがきされて帰《かえ》って来《く》ることもありますから……」

ここは菊《きく》さんの家《いえ》です。

ちゃぶ台《だい》をはさんで、菊《きく》さんは下《した》を向《む》いたまま答《こた》えました。

日本犬保存会《にほんけんほぞんかい》

明治時代《めいじじだい》からはじまった欧米化《おうべいか》で西洋《せいよう》の犬《いぬ》が輸入《ゆにゅう》されると、日本犬《にほんけん》が少《すく》なくなりました。

そこで斎藤弘吉《さいとうひろきち》さんは、昭和《しょうわ》3年《ねん》（1928年《ねん》）に日本犬保存会《にほんけんほぞんかい》をつくりました。保存会《ほぞんかい》は今《いま》でもあります。ちなみに日本犬《にほんけん》は、秋田犬《あきたいぬ》、甲斐犬《かいけん》、紀《き》州犬《しゅういぬ》、柴犬《しばけん》、四国犬《しこくけん》、北《ほっ》海道犬《かいどうけん》の六種《ろくしゅ》です。

菊《きく》さんはえらい人《ひと》が苦手《にがて》です。日本犬保存会《にほんけんほぞんかい》の会長《かいちょう》という肩書《かたがき》の人《ひと》が、突然訪《とつぜんたず》ねて来《き》たので緊張《きんちょう》しているのです。

「ではどうして、はなしがいにしているのですか？　わたしにはハチをかわいがっているとは思《おも》えないのですが。」

おどおどしていた菊《きく》さんですが、この質問《しつもん》に対《たい》して、「それは違《ちが》います。わたしどもはハチをかわいがっています。」と、斎藤会長《さいとうかいちょう》の目《め》を見《み》てきっぱりと言《い》いました。

「じゃ、どうして……」

菊《きく》さんの堂々《どうどう》とした態度《たいど》に、今度《こんど》は斎藤会長《さいとうかいちょう》があっとうされてしまいました。

「渋谷駅《しぶやえき》に行《い》きたいというハチの気持《きも》ちを大事《だいじ》にしたいからです。」

菊《きく》さんは自信《じしん》をもって答《こた》えました。

「ハチの気持《きも》ち……ですか?」

なにか深《ふか》いわけがあると思《おも》った斎藤会長《さいとうかいちょう》は、「くわしく話《はな》してください。」と、小太《こぶと》りのからだを乗《の》り出《だ》しました。

菊《きく》さんは、上野先生《うえのせんせい》とハチのことを話《はな》しました。

「なるほど。では、子犬《こいぬ》のハチを育《そだ》てたのは、大学《だいがく》で農業《のうぎょう》を研究《けんきゅう》する先生《せんせい》だったんですね。」

「そうです。上野先生《うえのせんせい》はハチの気持《きも》ちや野生《やせい》の本能《ほんのう》を大切《たいせつ》に育《そだ》てたんです。」

「それは何年《なんねん》ぐらい前《まえ》になりますか?」

「ハチが先生《せんせい》のところに来《き》て、もう六年以上《ねんいじょう》になります。」

「六年以上《ねんいじょう》ですか……」と言《い》って、斎藤会長《さいとうかいちょう》は目《め》を閉《と》じました。なにかを思《おも》い出《だ》そうとしてるようです。そして、「たぶん、わたしはその先生《せんせい》のことを知《し》っていると思《おも》います。」と、しずかに言《い》いました。

「え!?」

菊《きく》さんはびっくりしてしまいました。

「そのころ、わたしも雑種《ざっしゅ》をかっていたんですけど、たまに散歩《さんぽ》で秋田犬《あきたいぬ》の子犬《こいぬ》を連《つ》れた紳士《しんし》と会《あ》うことがありました。もうずいぶん前《まえ》のことで、その秋田犬《あきたいぬ》も子犬《こいぬ》だったから、その犬《いぬ》がハチかどうかはわかりませんが、秋田犬《あきたいぬ》をかっている人《ひと》は少《すく》ないし、ハチの年齢《ねんれい》から考《かんが》えると、わたしがあいさつを交《か》わした人《ひと》は、上《うえ》野《の》先生《せんせい》とハチだった可能性《かのうせい》は高《たか》いと思《おも》います。」

斎藤《さいとう》会長《かいちょう》は当時《とうじ》のことを説明《せつめい》しました。

「おれは昔《むかし》からこの渋谷《しぶや》に住《す》んでいて、この町《まち》のことはくわしいけど、そのころ秋田犬《あきたいぬ》の子犬《こいぬ》をかっていたのは上野先生《うえのせんせい》だけですよ。まちがいないです。」

菊《きく》さんが言《い》いました。

「そうですか。じゃ、やっぱりハチですね、その子犬《こいぬ》は。たしか、はじめてその紳士《しんし》に会《あ》ったとき、子犬《こいぬ》の初散歩《はつさんぽ》だと言《い》っていました。」

「なるほどねえ。そしてまた渋谷駅《しぶやえき》で出会《であ》って、斎藤会長《さいとうかいちょう》がハチを助《たす》けてくれたんですね。なんだか上野先生《うえのせんせい》が、斎藤会長《さいとうかいちょう》とハチをめぐり会《あ》わせたような気《き》がします。」

「そうかもしれませんね。」

斎藤会長《さいとうかいちょう》と菊《きく》さんは、しみじみとした気持《きも》ちになりました。

「こうやって渋谷《しぶや》はどんどん近代化《きんだいか》するし、住《す》んでいる人《ひと》も変《か》わっているのに、ハチだけが変《か》わらなくて町《まち》や人《ひと》を見続《みつづ》けているなんて不思議《ふしぎ》ですね。だから、わたしとも再会《さいかい》できたわけだし……」

感動《かんどう》した斎藤会長《さいとうかいちょう》の目《め》に光《ひか》るものがあります。

「そうなんです。ハチは変《か》わらずに今《いま》も上野先生《うえのせんせい》をしたっているんです。」

菊《きく》さんも涙《なみだ》をぬぐいました。

「農業《のうぎょう》は土地《とち》とともに生《い》きることだという話《はなし》を聞《き》いたことがあります。先生《せんせい》は、ハチのことも土地《とち》と生《い》きる犬《いぬ》に育《そだ》てたのでしょう。」と、斎藤会長《さいとうかいちょう》が言《い》いました。

「そうですね。おれはむずかしいことはわからないけど、きっとそうだと思《おも》います。ハチは上野先生《うえのせんせい》のことはもちろん、この渋谷《しぶや》という町《まち》も愛《あい》しているんです。だから渋谷駅《しぶやえき》に通《かよ》うことにこだわっているんだと思《おも》います。」

菊《きく》さんも斎藤会長《さいとうかいちょう》の考《かんが》えに賛成《さんせい》です。

「ハチから学《まな》ぶことが多《おお》いようですな。ははは」と、斎藤会長《さいとうかいちょう》が小《ちい》さく笑《わら》うと、

「そうなんですよ、犬《いぬ》から教《おし》えられるなんて困《こま》ったもんだ。ははは」と、菊《きく》さんも笑《わら》いました。

斎藤会長《さいとうかいちょう》は出《だ》されたお茶《ちゃ》に口《くち》をつけて、ちゃぶ台《だい》に置《お》くと、「そうすると、上《うえ》野先生《のせんせい》が亡《な》くなったあと、ハチは何年《なんねん》も渋谷駅《しぶやえき》に迎《むか》えに行《い》っているということですよね。わたしは犬《いぬ》のことはくわしいほうですが、とてもめずらしいことだと思《おも》います。」と言《い》いました。

「朝《あさ》と夕方《ゆうがた》、当時《とうじ》と同《おな》じ時間《じかん》に出《で》て行《い》くので、それしか考《かんが》えられません。」と、菊《きく》さんは答《こた》えました。

「でもですね、最初《さいしょ》に申《もう》し上《あ》げたように、ハチは駅《えき》でいじめられているんです。」

困《こま》った表情《ひょうじょう》の斎藤会長《さいとうかいちょう》です。

「ええ、それでも渋谷駅《しぶやえき》に行《い》くんです。いやなら行《い》かないと思《おも》うんです。行《い》きたいからハチは行《い》くんです。ハチのその気持《きも》ちを大事《だいじ》にしてやりたいんです。」

菊《きく》さんはちゃぶ台《だい》を見《み》つめて、つらそうに言《い》いました。

ハチがいじめられていちばんつらいのは、菊《きく》さんなのです。

「そこまでハチを愛《あい》しているんですね……」

菊《きく》さんの思《おも》いに、斎藤会長《さいとうかいちょう》は心《こころ》を強《つよ》く動《うご》かされました。

第11章

ハチ、新聞《しんぶん》にのる

新聞《しんぶん》の影響《えいきょう》

斎藤会長《さいとうかいちょう》は、日本犬保存会《にほんけんほぞんかい》の会員《かいいん》が読《よ》む『日本犬《にほんけん》』という雑誌《ざっし》に、ハチのことを書《か》きました。

ハチが、亡《な》くなったかい主《ぬし》を迎《むか》えに渋谷駅《しぶやえき》に毎日通《まいにちかよ》っていることや駅《えき》でいじめを受《う》けることもあるという内容《ないよう》です。

ハチが渋谷駅《しぶやえき》にいる理由《りゆう》を広《ひろ》めれば、いじめる人《ひと》がいなくなると考《かんが》えたのです。

記事《きじ》を読《よ》んだ会員《かいいん》は、「こんなにかい主思《ぬしおも》いの犬《いぬ》がいたのか。」「そんな犬《いぬ》をいじめるなんてかわいそうだ。」という感想《かんそう》を持《も》ちました。

けれど、いじめは減《へ》りません。

『日本犬《にほんけん》』という雑誌《ざっし》は、日本犬保存会《にほんけんほぞんかい》の会員《かいいん》しか読《よ》まないので、ハチのことを広《ひろ》く世間《せけん》に知《し》ってもらうには、もっとたくさんの人《ひと》が読《よ》むものに発表《はっぴょう》する必要《ひつよう》があったのです。

そこで斎藤会長《さいとうかいちょう》は、ハチの取材《しゅざい》をしてほしいと新聞《しんぶん》社《しゃ》にお願《ねが》いをしました。

テレビやインターネットがないこの時代《じだい》は、多《おお》くの人《ひと》に知《し》ってもらうには、ラジオと新聞《しんぶん》がいちばんだったのです。

斎藤会長《さいとうかいちょう》の願《ねが》いは通《つう》じて、「亡《な》くなったかい主《ぬし》を渋《しぶ》

新聞《しんぶん》

江戸時代《えどじだい》の後期《こうき》に、すでに手書《てが》きの新聞《しんぶん》がありました。

そして明治元年《めいじがんねん》（1868年《ねん》）に小冊子《しょうさっし》の新聞《しんぶん》が発行《はっこう》されます。明治《めいじ》3年《ねん》（1870年《ねん》）には、日本《にほん》初《はつ》の日刊紙《にっかんし》『横浜毎日新聞《よこはままいにちしんぶん》』が発行《はっこう》されました。

その後《ご》も文明開化《ぶんめいかいか》の流《なが》れに乗《の》って数多《かずおお》く発行《はっこう》されます。

谷駅《やえき》で待《ま》つハチ」という内容《ないよう》の記事《きじ》が写真入《しゃしんい》りでのりました。昭和七年《しょうわねん》（一九三二年《ねん》）のことです。

新聞《しんぶん》の反響《はんきょう》は、斎藤会長《さいとうかいちょう》の予想《よそう》をこえた大《おお》きなものでした。

「あの犬《いぬ》、知《し》ってるよ。朝《あさ》と夕方《ゆうがた》、いつも駅《えき》にいるよ。」

「あの犬《いぬ》に、こんな思《おも》いがあったのね。」

「かい主思《ぬしおも》いのやさしい犬《いぬ》じゃねえか。うちの子《こ》どもも見習《みなら》ってほしいもんだ。」

「あの犬《いぬ》、おとなしくてかわいいのよ。」

「かわいがってあげなくちゃね。」

新聞《しんぶん》を読《よ》んだ人《ひと》はみんな、かい主思《ぬしおも》いのハチに感動《かんどう》しました。

このような新聞《しんぶん》の影響《えいきょう》でハチは一躍有名《いちやくゆうめい》になり、渋谷駅《しぶやえき》を使《つか》う人《ひと》だけでなく、日本中《にほんじゅう》がハチを知《し》ることになったのです。

有名《ゆうめい》になったおかげで、ハチをいじめる人《ひと》はいなくなりました。今《いま》まで「なんでいつもこんなところにいるんだ！ じゃまだ！」と、きらっていた人《ひと》も、「かわいい顔《かお》をしてるじゃねえか。」と、かわいがるようになりました。そして、かい主思《ぬしおも》いの犬《いぬ》だと知《し》った人《ひと》たちは、〝忠犬《ちゅうけん》〟という言葉《ことば》をつけて、ハチのことを〝忠犬《ちゅうけん》ハチ公《こう》〟と呼《よ》ぶようになりました。

このとき、ハチはすでに九歳《さい》になろうとしていました。人間《にんげん》で言《い》えば七十歳近《さいちか》い年齢《ねんれい》です。

いまや渋谷駅《しぶやえき》と言《い》ったら、忠犬《ちゅうけん》ハチ公《こう》

子《こ》どもたちがハチを目当《めあ》てに、渋谷駅《しぶやえき》に遊《あそ》びに来《く》るようになりました。

「本当《ほんとう》に駅前《えきまえ》にすわってるんだね。」

「こんなにでかいんだ。」

「さっきから全然《ぜんぜん》ほえない。おとなしくてかわいいわ。」

「あいきょうのある顔《かお》をしてるわ。かわいい。」

ハチのやわらかい毛《け》をなでながら、子《こ》どもたちは喜《よろこ》びました。


「なんと言《い》っても、いまや渋谷駅《しぶやえき》と言《い》ったら忠犬《ちゅうけん》ハチ公《こう》だからな。」

「日曜日《にちようび》には、わざわざ遠《とお》くから写真《しゃしん》をとりに来《く》る人《ひと》もいるぐらいだから、本当《ほんとう》に日本中《にほんじゅう》の人《ひと》が知《し》ってるんだな。」

駅員《えきいん》さんたちは、ハチをほこらしく思《おも》いました。雨《あめ》がふると、小荷物室《こにもつしつ》に入《い》れたりやさしくしました。ハチを自分《じぶん》たちの犬《いぬ》だと思《おも》うようになったのです。

「亡《な》くなった主人《しゅじん》を迎《むか》えに来《く》るなんて、泣《な》かせる犬《いぬ》だよ。渋谷《しぶや》のほこりだよな。」

「ハチ公《こう》は日本犬《にほんけん》だ。そこらの西洋《せいよう》の犬《いぬ》とはわけが違《ちが》うんだ。」

「明治維新以降《めいじいしんいこう》、日本人《にほんじん》は日本《にほん》の心《こころ》をなくしたと言《い》うけど、その日本《にほん》の心《こころ》を犬《いぬ》がもっているなんて、皮肉《ひにく》なもんだねえ。」

「忠犬《ちゅうけん》ハチ公《こう》とはうまいことを言《い》ったもんだよ。主人《しゅじん》につくす心《こころ》がなくなったら、人間《にんげん》終《お》わりさ。」

今日《きょう》も駅前《えきまえ》の屋台《やたい》のお客《きゃく》さんは、ハチの話題《わだい》でもりあがっています。ハチをさかなに、自分《じぶん》の理想《りそう》を語《かた》っている人《ひと》もいるようです。

しかし、どんなに話題《わだい》になってもハチには関係《かんけい》ありません。

ハチは上野先生《うえのせんせい》のお迎《むか》えにしか興味《きょうみ》がないのです。毎日《まいにち》、いつもようにマイペースで朝《あさ》と夕方《ゆうがた》に渋谷駅《しぶやえき》に通《かよ》うだけです。

そんなある日《ひ》、斎藤会長《さいとうかいちょう》のところに彫刻家《ちょうこくか》の安藤照《あんどうてる》先生《せんせい》が訪《たず》ねて来《き》ました。

斎藤会長《さいとうかいちょう》と安藤先生《あんどうせんせい》は、昔《むかし》からの友《とも》だちです。

「言《い》うまでもなく、ハチの忠義心《ちゅうぎしん》には大人《おとな》も子《こ》どもも感動《かんどう》している。どうだろう？　ハチの銅像《どうぞう》をつくりたいのだが。」

安藤先生《あんどうせんせい》が大《おお》きな声《こえ》で提案《ていあん》しました。安藤先生《あんどうせんせい》はいつも元気《げんき》です。

「銅像《どうぞう》ってハチは犬《いぬ》だぞ。わははは」

安藤先生《あんどうせんせい》の提案《ていあん》に、斎藤会長《さいとうかいちょう》は笑《わら》ってしまいました。

安藤照《あんどうてる》（1892〜1945年《ねん》　鹿児島県出身《かごしまけんしゅっしん》）
彫刻家《ちょうこくか》。鹿児島市立美術館《かごしましりつびじゅつかん》に立《た》つ西郷隆盛《さいごうたかもり》の銅像《どうぞう》の作成者《さくせいしゃ》です。

忠義心《ちゅうぎしん》
主人《しゅじん》につくす心《こころ》のことです。

「犬《いぬ》とか人間《にんげん》とか、そんなことはどうでもいい。わしはハチが世話《せわ》になったことを忘《わす》れずにいる心《こころ》が尊《とうと》いと思《おも》う。ハチがこれほど日本中《にほんじゅう》に愛《あい》されているのも、ハチの心《こころ》に感動《かんどう》したからだろう?」

「それはそうだが、でも、銅像《どうぞう》というのはどうだろう? ほかになにかあると思《おも》うのだが。」

斎藤会長《さいとうかいちょう》は冷静《れいせい》です。

「いや、銅像《どうぞう》だ。銅像以外《どうぞういがい》に考《かんが》えられない。」

安藤先生《あんどうせんせい》は、こうと決《き》めたらまっしぐらの性格《せいかく》です。

「おいおい、ずいぶん強引《ごういん》だな。」

「おい、斎藤《さいとう》! 目《め》を閉《と》じて想像《そうぞう》してみろよ。渋谷駅《しぶやえき》の前《まえ》にハチの銅像《どうぞう》が建《た》つんだ。どうだ? すごいとは思《おも》わんか?」

「まあ、それはそうだが……」

斎藤会長《さいとうかいちょう》は、安藤先生《あんどうせんせい》の熱意《ねつい》にたじたじです。

「渋谷駅《しぶやえき》を使《つか》う人《ひと》が、ハチの銅像《どうぞう》を目《め》にする。何年《なんねん》も何十年《なんじゅうねん》も、人々《ひとびと》はハチを見《み》てくらすんだ。いや、ハチではない。ハチの尊《とうと》い心《こころ》を見《み》てくらすんだ。いいか、今《いま》の日本人《にほんじん》も百年後《ひゃくねんご》の日本人《にほんじん》もハチの尊《とうと》い心《こころ》を見《み》てくらすんだ。ハチによって現《げん》在《ざい》と未来《みらい》の日本人《にほんじん》の心《こころ》がつながるんだ。こんなすばらしいことがほかにあるか!?」

安藤先生《あんどうせんせい》は自分《じぶん》の思《おも》いを爆発《ばくはつ》させました。

「おいおい、そんなに大《おお》きな声《こえ》を出《だ》すな。」

斎藤会長《さいとうかいちょう》は圧倒《あっとう》されっぱなしです。

「いいか？　わしらが死《し》んでも銅像《どうぞう》は残《のこ》る。ハチが死《し》んでも銅像《どうぞう》があるかぎり永《えい》遠《えん》にハチの心《こころ》は伝《つた》えられるんだ！　これが芸術《げいじゅつ》のすばらしさだ！」

「わかった、わかった。わしらの手《て》でハチの心《こころ》を後世《こうせい》に伝《つた》えよう。」

結局《けっきょく》、斎藤会長《さいとうかいちょう》は安藤先生《あんどうせんせい》の熱意《ねつい》に押《お》し切《き》られてしまいました。

「おお、やっとわかってくれたか。おまえとは昔《むかし》からの友《とも》だちだ。きっとわかってくれると思《おも》ったがな。がははははは」

安藤先生《あんどうせんせい》は、斎藤会長《さいとうかいちょう》の手《て》をぎゅっとにぎりました。

「いたたた。そんなに強《つよ》くにぎるな。」

「おお、これは失敬《しっけい》。がははははは」

安藤先生《あんどうせんせい》はごきげんです。

「まずは、かい主《ぬし》の菊《きく》さんに相談《そうだん》してみよう。話《はなし》はそれからだ。」

「そうだな。じゃ、あとのことは任《まか》せた。」

そう言《い》うと、安藤先生《あんどうせんせい》はあっと言《い》う間《ま》に帰《かえ》って行《い》きました。

ハチの銅像《どうぞう》をつくるために

　ハチの銅像《どうぞう》をつくる話《はなし》に賛成《さんせい》して、昭和《しょうわ》八年《ねん》（一九三三年《ねん》）六月《がつ》、菊《きく》さんはハチを連《つ》れて安藤先生《あんどうせんせい》のアトリエを訪《おとず》れました。

「おお、わざわざ、お忙《いそが》しいところを。」

　安藤先生《あんどうせんせい》は、うれしそうに菊《きく》さんとハチを出迎《でむか》えました。

「いやいや、ここまで二十分《ぶん》もかかりません。ハチとわたしのいい散歩《さんぽ》です。」と、菊《きく》さんも笑顔《えがお》です。


アトリエ（フランス語《ご》）　画家《がか》や彫刻家《ちょうこくか》などの仕《し》事場《ごとば》やスタジオを指《さ》す言《こと》葉《ば》です。

「では、さっそく。」

部屋《へや》のまん中《なか》に用意《ようい》した十センチほどの高《たか》さの台《だい》に、安藤先生《あんどうせんせい》はハチをすわらせました。

ハチはいつものように前足《まえあし》をぴんと八《はち》の字《じ》にのばして、お尻《しり》を落《おと》としてすわりました。そして、そのままじっと動《うご》きません。

「おお、うわさどおりおとなしい犬《いぬ》だ。ぴくりともしない。へたな人間《にんげん》よりよっぽどやりやすい。がははは」

安藤先生《あんどうせんせい》は、ごうかいに笑《わら》います。

「あいきょうのある顔《かお》をしているなあ。これはつくりがいがあるぞ。」

安藤先生《あんどうせんせい》は大《おお》きな声《こえ》でひとりごとを言《い》いながら、なれた手《て》つきでハチの骨格《こっかく》やからだの特長《とくちょう》をスケッチしたり寸法《すんぽう》を測《はか》ったりしました。

このようにして、ハチと菊《きく》さんは何日間《なんにちかん》か安藤先生《あんどうせんせい》のアトリエに通《かよ》いました。粘土《ねんど》などを使《つか》って徐々《じょじょ》につくられていく型《かた》は、しだいにハチの姿《すがた》に近《ちか》づいていきます。

そして、八月末《がつすえ》に銅像《どうぞう》をつくるための原型《げんけい》が完成《かんせい》しました。

「ようし、ここまでできればあとは仕上《しあ》げだけだ。がははは」

いつものように安藤先生《あんどうせんせい》は、ごうかいに笑《わら》いながら、「ハチ、がんばったな。えらかったぞ。」と、からだ全体《ぜんたい》をらんぼうになでます。安藤先生《あんどうせんせい》の愛情表現《あいじょうひょうげん》に、ハチもうれしそうに巻《ま》き毛《げ》のしっぽをふって答《こた》えました。

ところで、銅像《どうぞう》をつくるにはお金《かね》がたくさん必要《ひつよう》です。

斎藤会長《さいとうかいちょう》は、いろいろな催《もよお》しにハチを出《だ》して寄付金《きふきん》を集《あつ》めようと考《かんが》えました。

まずは上野公園《うえのこうえん》の広場《ひろば》で行《おこな》われた日本犬展覧会《にほんけんてんらんかい》に、ハチを出席《しゅっせき》させました。ハチが出《で》て来《く》ると、お客《きゃく》さんは大人《おとな》も子《こ》どもも大喜《おおよろこ》びです。

次《つぎ》の年《とし》には、神宮外苑《じんぐうがいえん》の日本青年館《にほんせいねんかん》で「銅像建設基金募集《どうぞうけんせつききんぼしゅう》の夕《せき》」が開《ひら》かれ、ハチを一目見《ひとめみ》ようと二千人《せんにん》のお客《きゃく》さんが集《あつ》まりました。

紅白《こうはく》のひもでおめかししたハチが登場《とうじょう》すると、満員《まんいん》の会場《かいじょう》から、われんばかりの拍手《はくしゅ》がおこりました。

ハチは大勢《おおぜい》の人《ひと》を前《まえ》にしても、こわがることも落《お》ち着《つ》かなくなることもなく、いつものおっとりしたハチでした。

これまで「もう菊《きく》さんの犬《いぬ》だから。」と遠慮《えんりょ》して顔《かお》を出《だ》さなかった八重夫人《やえふじん》も、この日《ひ》ばかりは菊《きく》さんにお願《ねが》いされて出席《しゅっせき》しました。

八重夫人《やえふじん》のうれしそうな笑顔《えがお》が印象《いんしょう》に残《のこ》る催《もよお》しでした。

子《こ》どもたちの手紙《てがみ》

催《もよお》しが成功《せいこう》して、寄付金《きふきん》が日本犬保存会《にほんけんほぞんかい》に全国《ぜんこく》からたくさん届《とど》きました。

「報告《ほうこく》ってなんですか？」

日本犬保存会《にほんけんほぞんかい》の事務所《じむしょ》で、菊《きく》さんが斎藤会長《さいとうかいちょう》に聞《き》きました。

「全国《ぜんこく》から寄付金《きふきん》がたくさん寄《よ》せられて、ようやく渋谷駅《しぶやえき》の広場《ひろば》にハチの銅像《どうぞう》をつくることができます。」

「すごいわ。斎藤会長《さいとうかいちょう》の努力《どりょく》の結果《けっか》ね。」と、八重夫人《やえふじん》もうれしそうです。

「いえいえ、そんなことはありません。ハチの人気《にんき》のおかげです。」と、斎藤会長《さいとうかいちょう》はほほ笑《え》みました。

「ハチはみなさんに愛《あい》されて幸《しあわ》せ者《もの》だわ。」

しみじみと八重夫人《やえふじん》はつぶやきました。

「それで、こんな手紙《てがみ》も届《とど》きましてね。」

斎藤会長《さいとうかいちょう》は、ふたりの前《まえ》に手紙《てがみ》を開《ひら》いて置《お》きました。

小学校《しょうがっこう》の低学年《ていがくねん》でしょう。そこには幼《おさな》い文字《もじ》が元気《げんき》よく並《なら》んでいます。

妹《いもうと》とふたりで、ためたお年玉《としだま》をおくります。

ぼくも妹《いもうと》もハチ公《こう》が大《だい》すきです。どうぞうができるのを楽《たの》しみにしています。

「大切《たいせつ》なお年玉《としだま》を……ありがたいことだ……」

菊《きく》さんはそれ以上《いじょう》の言葉《ことば》が出《で》ません。

「なんと言《い》っていいのか……主人《しゅじん》も喜《よろこ》んでいるでしょう。本当《ほんとう》にありがとうございます。」

八重夫人《やえふじん》は手紙《てがみ》をにぎりしめると、胸《むね》に押《お》しあてました。

斎藤会長《さいとうかいちょう》は、自分《じぶん》の気持《きも》ちを次《つぎ》のようにふたりに伝《つた》えました。

「全国《ぜんこく》の子《こ》どもたちから、このような手紙《てがみ》がたくさん届《とど》きました。ハチは上野先生《うえのせんせい》とは会《あ》えないけど、全国《ぜんこく》の子《こ》どもたちと会《あ》うことができたんです。それだけではありません。全国《ぜんこく》の子《こ》どもたちの心《こころ》が、ハチによってひとつにつながっているのを……わたしは強《つよ》く感《かん》じています……」

涙《なみだ》をこらえているのでしょう。言葉《ことば》がとぎれてしまいました。

「ハチの行動《こうどう》は、人《ひと》と人《ひと》の心《こころ》をつなぐんです。だからこうして、わたしは奥《おく》さまと菊《きく》さんとも知《し》り合《あ》うことができた。ハチが人《ひと》の気持《きも》ちをつないでいる……こんな経験《けいけん》ができるとは……わたしは、ハチと出会《であ》って本当《ほんとう》によかった……」

ここまで話《はな》すと、斎藤会長《さいとうかいちょう》は涙《なみだ》をぬぐいました。

そして、声《こえ》をふりしぼって、「全国《ぜんこく》の子《こ》どもたちに愛《あい》されるすてきなハチを育《そだ》ててくださって、奥《おく》さま、菊《きく》さん、本当《ほんとう》にありがとうございます……」と頭《あたま》をさげました。

八重夫人《やえふじん》と菊《きく》さんも、がまんができなくなって涙《なみだ》を流《なが》しました。

ハチは、上野先生《うえのせんせい》とは会《あ》えないけれど、全国《ぜんこく》の子《こ》どもたちと会《あ》うことができたのです。これが、どんなにすばらしいことか……。

三人《にん》は時間《じかん》を忘《わす》れて涙《なみだ》を流《なが》しました。

第12章

ハチは銅像《どうぞう》になって、永遠《えいえん》に……

銅像《どうぞう》、完成《かんせい》！

昭和《しょうわ》九年《ねん》（一九三四年《ねん》）四月《がつ》二十一日《にち》、渋谷駅前《しぶやえきまえ》の広場《ひろば》にハチの銅像《どうぞう》が置《お》かれて、盛大《せいだい》に除幕式《じょまくしき》が行《おこな》われました。

渋谷駅《しぶやえき》の広場《ひろば》には、銅像《どうぞう》ができたことを祝《いわ》う人《ひと》が三百人《びゃくにん》も集《あつ》まり、ハチが銅像《どうぞう》の横《よこ》にすわると、歓声《かんせい》と拍手《はくしゅ》がおこりました。斎藤会長《さいとうかいちょう》と安藤先生《あんどうせんせい》が式《しき》を進行《しんこう》しました。努力《どりょく》が実《みの》ったふたりは本当《ほんとう》にうれしそうです。

そして、除幕式《じょまくしき》は無事終了《ぶじしゅうりょう》。

「菊《きく》さん、それではわたしたちもそろそろ帰《かえ》りましょうか？」

「そうですね。ハチ、行《い》くぞ。」

八重夫人《やえふじん》と菊《きく》さん、ハチが広場《ひろば》をはなれようとしたとき、「すみません。」と後《うし》ろから声《こえ》をかける人《ひと》がいます。

ふり返《かえ》ると、なんとそこに才《さい》ちゃんとおとよさんが、笑顔《えがお》で立《た》っているではありませんか。

「才《さい》ちゃん！　おとよさん！」

人目《ひとめ》を気《き》にせずに、八重夫人《やえふじん》と菊《きく》さんはうれしくて大《おお》きな声《こえ》を出《だ》しました。

「ごぶさたしております。」

才《さい》ちゃんとおとよさんは、あのころと同《おな》じように元気《げんき》にあいさつをしました。

「ハチ、ひさしぶりだな。」

ふたりはハチの頭《あたま》や首《くび》、からだをなでます。ハチも巻《ま》き毛《け》のしっぽが切《き》れるんじゃないかと思《おも》うほどぶりました。

「奥《おく》さま、すっかりごぶさたしてしまいまして。ハチが新聞《しんぶん》にのったときにあいさつにうかがおうと思《おも》ったのですが、なかなか時間《じかん》がとれなくて、結局《けっきょく》、今日《きょう》になってしまいました。」

おとよさんがていねいに頭《あたま》をさげました。となりで才《さい》ちゃんもおじぎをします。

「あいさつなんて、そんな……ふたりとも元気《げんき》だった？　わたしの力不足《ちからぶそく》でふたりには苦労《くろう》をかけて……」

八重夫人《やえふじん》は、ふたりの手《て》をにぎりしめて今《いま》にも泣《な》き出《だ》しそうです。

「奥《おく》さま、今日《きょう》はハチの銅像《どうぞう》ができためでたい日《ひ》だ。涙《なみだ》は禁物《きんもつ》です……それにしてもハチがいるから、こうして、またみんなが集《あつ》まることができたんだ。ハチ、本当《ほんとう》にありがとな。」と言《い》うと、とうとう菊《きく》さんは泣《な》き出《だ》してしまいました。

「自分《じぶん》で泣《な》いちゃダメだって言《い》っておいて、菊《きく》さんは変《か》わらないなあ。」

才《さい》ちゃんが泣《な》き笑《わら》いをすると、三人《にん》も泣《な》きながら笑《わら》ってしまいました。

才《さい》ちゃんは涙《なみだ》をぬぐうと、「ハチの銅像《どうぞう》はわたしたちが生《い》きた証《あかし》です。」と言《い》って銅像《どうぞう》を見《み》つめました。

ハチの真相《しんそう》

銅像《どうぞう》ができたこともあって、ハチはますます人気者《にんきもの》になりました。

証《あかし》

そのことが本当《ほんとう》であると、明《あき》らかにする物事《ものごと》や物《もの》を言《い》います。

証明《しょうめい》や証拠《しょうこ》と同《おな》じ意味《いみ》ですが、証《あかし》のほうがやわらかい言《い》い方《かた》になります。

渋谷《しぶや》はハチと銅像《どうぞう》を見《み》に来《く》る人《ひと》で、町全体《まちぜんたい》がにぎわっています。

そんなにぎわいの中《なか》、ハチはあいかわらずマイペースです。決《き》まった時間《じかん》に渋谷駅《しぶやえき》にあらわれます。

しかし、歩《ある》く姿《すがた》に以前《いぜん》のような元気《げんき》がありません。「寄《よ》る年波《としなみ》には勝《か》てぬ」ということわざがありますが、ハチはもう十歳《さい》です。人間《にんげん》なら七十代《だい》のおじいさんなので、若《わか》いころのような元気《げんき》がなくても当然《とうぜん》です。

前足《まえあし》を〝八《はち》の字《じ》〟にぴんとする堂々《どうどう》としたすわり方《かた》をするよりも、つらそうにふせる姿《すがた》のほうが多《おお》くなりました。毛《け》のつやもなくなり、ほかの犬《いぬ》とケンカをし

寄《よ》る年波《としなみ》には勝《か》てぬ
年《とし》をとることにはさからえない。いくらがんばっても気力《きりょく》や体力《たいりょく》はおとろえるという意味《いみ》です。
おもに年《とし》をとったことをなげくときに使《つか》います。

てかまれた左耳《ひだりみみ》もたれてしまい、それがいっそう年老《としお》いて見《み》せました。

ある日《ひ》、駅前《えきまえ》の広場《ひろば》に屋台《やたい》の準備《じゅんび》がはじまると、新聞記者《しんぶんきしゃ》が取材《しゅざい》に来《き》ました。

いろいろな屋台《やたい》のおやじさんとおかみさんが、記者《きしゃ》のまわりをにぎやかにとり囲《かこ》んでいます。

「忠犬《ちゅうけん》ハチ公《こう》についてどう思《おも》いますか？」

記者《きしゃ》が質問《しつもん》しました。

「そりゃ、渋谷《しぶや》で商売《しょうばい》するおれたちのほこりってもんだよ。」

やき鳥屋《とりや》のおやじさんが答《こた》えました。

「おとなしくていい犬《いぬ》だよ。ご主人《しゅじん》さまをしたって、今日《きょう》もこうして通《かよ》っているじゃねえか。」

おでん屋《や》のおやじさんが言《い》いました。

「〝忠臣《ちゅうしん》は二君《にくん》に仕《つか》えず〟って言《い》うの？　日本人《にほんじん》の心《こころ》を持《も》っているわ。やっぱり日本犬《にほんけん》よね。」

やき鳥屋《とりや》のおかみさんが得意《とくい》げに言《い》いました。

「なんだよ。新聞記者《しんぶんきしゃ》の質問《しつもん》だからって、むずかしい言葉《ことば》を使《つか》いやがって。」と、やき鳥屋《とりや》のおやじさんが文《もん》句《く》を言《い》うと、みんなは笑《わら》いました。

「みなさんが与《あた》える食《た》べ物《もの》が目当《めあ》てで、通《かよ》っているという話《はなし》も聞《き》きますが？」

新聞記者《しんぶんきしゃ》は次《つぎ》の質問《しつもん》をしました。

「目当《めあ》てかどうかは、ハチ公《こう》に聞《い》いてみないとわかん

忠臣《ちゅうしん》は二君《にくん》に仕《つか》えず
「この人《ひと》が自分《じぶん》の主人《しゅじん》（リーダー）だ」と一度《いちど》決《き》めたら、もうほかの主人《しゅじん》（二君《にくん》）につかない。これが忠義心《ちゅうぎしん》のある家来《けらい》（忠臣《ちゅうしん》）というものだという意味《いみ》です。

ねえけどよ。それが理由《りゆう》のひとつかもしれねえな。」

そば屋《や》のおやじさんが答《こた》えました。

「たしかに、それはあるわね。」

そば屋《や》のおかみさんが、夫《おっと》の意見《いけん》に賛成《さんせい》しました。

「うん、だけどよお。朝《あさ》も来《き》てるって話《はなし》じゃねえか。食《た》べ物《もの》が目当《めあ》てなら、屋台《やたい》のいない朝《あさ》は来《こ》ないだろ？」と、おでん屋《や》のおやじさんが言《い》いました。

「そう言《い》われれば、たしかにそうよね。」

そば屋《や》のおかみさんは、おでん屋《や》のおやじさんにも賛成《さんせい》しました。

「おいおい、おめえはいったいどっちの味方《みかた》なんだい？」

そば屋《や》のおやじさんが口《くち》をとがらせると、みんなは笑《わら》いました。

「このあたりの人《ひと》は、みんなやさしくしてくれるから、食《た》べ物《もの》だけが目当《めあ》てってことでもないんじゃないか？」と、やき鳥屋《とりや》のおやじさんが言《い》いました。

「なに言《い》っててんのさ！　みんながやさしくなったのは、新聞《しんぶん》に出《で》てからでしょ？　その前《まえ》は『じゃまだ』って、けとばす人《ひと》がいっぱいいいたじゃないの。」

やき鳥屋《とりや》のおかみさんが、おこったように言《い》います。

「ほんとよねえ。ちょっと有名《ゆうめい》になるとすぐに態度《たいど》を変《か》えてさ。いやだねえ、わたしはそういうのきらいだわ。」

そば屋《や》のおかみさんが、やき鳥屋《とりや》のおかみさんに賛成《さんせい》しました。

「じゃ、食《た》べ物《もの》が目当《めあ》てというわけじゃないんですね？」

新聞記者《しんぶんきしゃ》が念《ねん》を押《お》します。

「食《た》べ物《もの》だけってことじゃないだろうな。」

おでん屋《や》のおやじさんが答《こた》えました。

「おれはかい主《ぬし》の菊《きく》さんと知《し》り合《あ》いだけど、菊《きく》さんはちゃんと食《た》べさせてるよ。だから腹《はら》をすかせて来《き》ているわけじゃねえな。こっちがあげれば食《た》べるということで、ハチ公《こう》からせがむこともねえしな。」

やき鳥屋《とりや》のおやじさんが、はっきり言《い》いました。

「そうだよ。食《た》べ物《もの》が目当《めあ》てなら、今《いま》だって屋台《やたい》のそばのこのへんにいるはずだろ？　でも、あいつはいつもあそこにすわっているんだよ。」

おでん屋《や》のおやじさんが、ハチを指《ゆび》さしました。

「だって、こうして通《かよ》うようになって七年《ねん》がたつんでしょ？　ハチ公《こう》にもいろいろなことがあったんじゃないの？　ご主人《しゅじん》さまをしたって来《き》ているのはもちろんだけど、それだけじゃなくて、なにか食《た》べたいと思《おも》うときもあっただろうし、子《こ》どもがかまってくれるから、それがうれしくて来《く》ることもあったんじゃないの？」

やき鳥屋《とりや》のおかみさんが、考《かんが》え深《ぶか》く言《い》いました。

「そうよ。ひとつの理由《りゆう》だけじゃないわよね。それを食《た》べ物《もの》かご主人《しゅじん》か決《き》めようとする考《かんが》え方《かた》自体《じたい》がおかしいわ。」と、そば屋《や》のおかみさんが少《すこ》しおこりました。

「そうだよ。七年《ねん》っていえば、夫婦《ふうふ》だっていろいろあるもんな。ケンカしたり仲《なか》直《なお》りしたりよお。」

おでん屋《や》のおやじさんがおどけると、みんなは笑《わら》いました。

「そうよねえ。七年《ねん》だもの。いろいろなことがあったわよ、きっとハチ公《こう》にも。」しみじみと、おでん屋《や》のおかみさんが言《い》いました。

「でも、ハチ公《こう》の人気《にんき》で駅前《えきまえ》がにぎわって、この不景気《ふけいき》だっていうのに商売《しょうばい》が繁《はん》盛《じょう》してるってことはたしかだな。がはははは」

そば屋《や》のおやじさんが大《おお》きな声《こえ》で笑《わら》うと、「そうだな。」と言《い》って、みんなも笑《わら》いました。

そして、やき鳥屋《とりや》のおやじさんは記者《きしゃ》をにらみつけると、「やい、新聞記者《しんぶんきしゃ》かなんか知《し》らねえけどよお。ハチ公《こう》と菊《きく》さんの悪口《わるぐち》を書《か》いたら、おれがしょうちしねえからな。」と、すごみました。

「ほんとよねえ。有名《ゆうめい》になると、ねたんで悪口《わるぐち》を言《い》い出《だ》すヤツがいるから。」

おでん屋《や》のおかみさんも記者《きしゃ》をにらみました。

「わかってますよ。悪口《わるぐち》なんか書《か》きません。約束《やくそく》します。」

新聞記者《しんぶんきしゃ》は逃《に》げるように、その場《ば》から立《た》ち去《さ》りました。

改札口《かいさつぐち》の前《まえ》にいるハチには、自分《じぶん》のことを話《はな》しているなんてわかりません。

上野先生《うえのせんせい》が出《で》て来《く》るのを待《ま》って、駅《えき》の中《なか》をじっと見《み》つめています。

最後《さいご》のお正月《しょうがつ》

秋風《あきかぜ》がふく季節《きせつ》になりました。

年《とし》をとったハチは、歩《ある》くのがつらくなったのか、駅《えき》の小荷物室《こにもつしつ》に泊《と》まることもあります。

「ハチ公《こう》のおかげで渋谷駅《しぶやえき》もすっかり有名《ゆうめい》になったもんな。たまに泊《と》まるぐらいなんでもないよ。」

駅員《えきいん》さんは、年老《としお》いたハチに親切《しんせつ》にしてくれました。

そんなハチですが、人気《にんき》がおとろえることはありません。なんと、映画《えいが》に出《で》ることになったのです。

『あるぷす大将《たいしょう》』という映画《えいが》です。やき鳥《とり》の屋台《やたい》の前《まえ》で、少年《しょうねん》とたわむれる姿《すがた》がなんとも印象的《いんしょうてき》でした。

この映画《えいが》が公開《こうかい》された十一月《がつ》には、渋谷駅《しぶやえき》のすぐ前《まえ》に地上七階《ちじょうかい》、地下一階《ちかかい》の東横百貨店《とうよこひゃっかてん》が完成《かんせい》しました。渋谷《しぶや》はどんどん近代化《きんだいか》します。

そして年《とし》が明《あ》けて、昭和十年《しょうわねん》（一九三五年《ねん》）になりました。

「今年《ことし》も明治神宮《めいじじんぐう》に初詣《はつもうで》に行《い》くの？」と、息子《むすこ》さんに聞《き》かれた菊《きく》さんは、「おお、あたりまえだ。服《ふく》を着《き》が

あるぷす大将《たいしょう》
監督《かんとく》　山本嘉次郎《やまもとかじろう》
原作《げんさく》　吉川英治《よしかわえいじ》
公開《こうかい》　昭和《しょうわ》9年《ねん》11月《がつ》
上映時間《じょうえいじかん》　90分《ぷん》モノクロ
出演《しゅつえん》　丸山定夫《まるやまさだお》、伊藤薫《いとうかおる》、千葉早智子《ちばさちこ》、竹久《たけひさ》千恵子《ちえこ》　他《ほか》

えておけ。」と答《こた》えました。

「とうちゃん、ハチも連《つ》れて行《い》くの？」

「そうだなあ。ハチも年《とし》をとって歩《ある》くのがつらそうだからなあ。」と、菊《きく》さんは少《すこ》し迷《まよ》いましたが、「まあ、おめでたい元旦《がんたん》だ。ハチも連《つ》れて行《い》こう。ハチは家族《かぞく》の一員《いちいん》だもんな。」と言《い》いました。

このようにして、ハチは今年《ことし》も菊《きく》さん一家《いっか》の一員《いちいん》として初詣《はつもうで》に行《い》きました。

これがハチにとって最後《さいご》のお正月《しょうがつ》になるとは、このときはだれも、もちろんハチにもわかりませんでしたが。

ハチ公《こう》、今日《きょう》はめずらしいな

菊《きく》さん一家《いっか》と楽《たの》しく初詣《はつもうで》に行《い》ったハチですが、ハチにお正月《しょうがつ》もふつうの日《ひ》も関係《かんけい》ありません。

松《まつ》の内《うち》から渋谷駅《しぶやえき》に通《かよ》います。

冬《ふゆ》の空風《からかぜ》、雨《あめ》、雪《ゆき》、ぽかぽかと暖《あたた》かい日《ひ》。どんな天気《てんき》でも、おじいさんになったハチは、ゆっくり歩《ある》きながらいつもの時間《じかん》に駅《えき》に着《つ》き、そして上野先生《うえのせんせい》を待《ま》ちました。ハチにできることは待《ま》つことだけなのです。

そして、三月七日《がつなのか》のことです。

めずらしくハチが、駅員室《えきいんしつ》に入《はい》って来《き》ました。

「ハチ公《こう》、おまえがここに来《く》るのはめずらしいな。外《そと》は寒《さむ》いからむりもないか。」

松《まつ》の内《うち》

正月《しょうがつ》の松飾《まつかざ》りを立《た》てておく期間《きかん》です。元日《がんじつ》から7日《なのか》、または15日《にち》までが一般的《いっぱんてき》です。

ちなみに松飾《まつかざ》りとは、正月《しょうがつ》に玄関《げんかん》や門《もん》を飾《かざ》る松《まつ》です。門松《かどまつ》とも言《い》います。

駅員《えきいん》さんがハチの頭《あたま》をなでながら言《い》いました。

「駅員室《えきいんしつ》にいるのはいいけど、おとなしくしててな。」

ハチはふせた前足《まえあし》の上《うえ》にあごを乗《の》せて、駅員《えきいん》さんたちが働《はたら》いているのをじっと見《み》ています。

そして、屋台《やたい》が並《なら》びはじめると、今度《こんど》は屋台《やたい》のところに向《む》かいました。
六、七軒《けん》並《なら》んでいる屋台《やたい》のまわりをゆっくり歩《ある》きます。食《た》べ物《もの》をねだるようすはありません。
「お、ハチ公《こう》、どうした？　いつも改札口《かいさつぐち》の前《まえ》にいるのに今日《きょう》はめずらしいな。」

やき鳥屋《とりや》のおやじさんは、やき鳥《とり》を串《くし》からはずしてハチの口《くち》もとにさし出《だ》しました。ハチはさし出《だ》されるままにゆっくり食《た》べます。

「やっぱり、おなかがすいているわけじゃないみたいねえ。どうしてこっちに来《き》たのかしら。」

やき鳥屋《とりや》のおかみさんも、不思議《ふしぎ》に思《おも》いました。

「それにしても、ハチ公《こう》のやつも最近《さいきん》めっきり年《とし》をとっちまったなあ。」

「そりゃそうよ。もう十一歳《さい》だって言《い》うじゃないの。」

「ハチ公《こう》がいないと、こっちは商売《しょうばい》あがったりなんだ。元気出《げんきだ》してくれよ。」

そんな話《はなし》をしていると、どこかの店先《みせさき》のラジオから「ダイナ」という軽快《けいかい》なジャズが聞《き》こえて来《き》ました。

「このモダンな曲《きょく》を歌《うた》っているディック・ミネって歌手《かしゅ》、おやじが東京帝国大学《とうきょうていこくだいがく》を出《で》たえらい先生《せんせい》だっていうじゃねえか。ハチ公《こう》の昔《むかし》のご主人《しゅじん》さまも東京帝国大《とうきょうていこくだい》学《がく》の先生《せんせい》だっていうし、東京帝国大学《とうきょうていこくだいがく》はジャズ歌手《かしゅ》を育《そだ》てたり、忠犬《ちゅうけん》を育《そだ》てたり、やっぱりすげえんだな。わはははは」

やき鳥屋《とりや》のおやじさんの笑《わら》い声《ごえ》にさそわれて、「そりゃ、いいや。」と、みんなも笑《わら》いました。

「百貨店《ひゃっかてん》ができようと、ジャズなんて音楽《おんがく》が流行《はや》ろうと、ここはおまえのなわばりだ。好《す》きにしな。」

そば屋《や》のおやじさんが、ハチに声《こえ》をかけました。

「そりゃそうだ。何年《なんねん》も前《まえ》から駅前《えきまえ》はハチのものだもんな。銅像《どうぞう》もあるし、ハチ公《こう》のいない渋谷駅《しぶやえき》なんて考《かんが》えられないもんな。」

おでん屋《や》のおやじさんは、ハチの背中《せなか》のあたりをなでながら笑顔《えがお》で言《い》いました。

そしてしばらくすると、重《おも》そうにからだをゆらしな

ジャズ

ジャズは、19世紀《せいき》の終《お》わりから20世紀《せいき》のはじめにアメリカの南部《なんぶ》で生《う》まれた音楽《おんがく》です。ダンスホールなどの酒場《さかば》でおもに演奏《えんそう》されました。

ジャズが日本《にほん》に伝《つた》わったのは明治《めいじ》33年《ねん》(1900年《ねん》)ごろで、その後《ご》、昭和《しょうわ》になると、ラジオから流《なが》れるなど一般的《いっぱんてき》になりました。

がら、ハチはどこかに消《き》えて行《い》きました。

ハチは永遠《えいえん》に……

その夜《よる》、ハチは菊《きく》さんの家《いえ》に帰《かえ》りませんでした。
駅《えき》の小荷物室《こにもつしつ》にもいません。
そして、次《つぎ》の日《ひ》。三月八日《がつようか》、朝《あさ》の五時《じ》のことです。
渋谷《しぶや》の稲荷橋《いなりばし》のそばにある酒屋《さかや》さんのおかみさんが、店《みせ》の前《まえ》の道《みち》をそうじしています。
おかみさんがふと顔《かお》をあげると、ハチが道《みち》ばたで寝《ね》ているではありませんか。

太平洋戦争《たいへいようせんそう》がはじまると、ジャズは敵国《てきこく》の音楽《おんがく》として禁令《きんし》されますが、かくれて楽《たの》しむ若者《わかもの》も多《おお》かったようです。

「まあ、ハチ公《こう》、こんなところで寝《ね》てたらダメじゃない。かぜひいちゃうよ。」

おかみさんは、ハチを起《お》こそうとしてからだをゆすりました。

ところが反応《はんのう》がありません。からだのぬくもりも、ほんのわずかです。

「ハチ？　ハチ……ハチ……」

ハチは永遠《えいえん》の眠《ねむ》りについていたのです。


ハチは年輩《ねんぱい》のおまわりさんによって、渋谷駅《しぶやえき》に大切《たいせつ》に運《はこ》ばれました。

ハチが亡《な》くなったことは、すぐに新聞《しんぶん》やラジオで日本中《にほんじゅう》に知《し》らされました。

ハチのお葬式《そうしき》は渋谷駅《しぶやえき》の中《なか》で行《おこな》われることになり、駅員《えきいん》さんが中心《ちゅうしん》になって準《じゅん》備《び》をしました。屋台《やたい》のおやじさんやおかみさん、タバコ屋《や》のおばあさんもかけつけて、朝《あさ》から手伝《てつだ》いました。喪主《もしゅ》は八重夫人《やえふじん》と菊《きく》さんがつとめます。

ハチはお棺《かん》におさめられ、祭壇《さいだん》にはハチの好《す》きなやき鳥《とり》などが供《そな》えられました。

お坊《ぼう》さんがお経《きょう》をあげて、日本中《にほんじゅう》から大人《おとな》や子《こ》どもがかけつけてお線香《せんこう》をあげました。

あまりたくさんの人《ひと》が集《あつ》まったので、駅《えき》に入《はい》れずに多《おお》くの人《ひと》があふれてしまいました。あふれた人《ひと》たちはハチの銅像《どうぞう》にお花《はな》をあげました。

もちろん、つる子《こ》さん夫妻《ふさい》と長女《ちょうじょ》の久子《ひさこ》ちゃん、菊《きく》さんの家族《かぞく》、おとよさんと才《さい》ちゃん、斎藤会長《さいとうかいちょう》と安藤《あんどう》先生《せんせい》、ごふく屋《や》のご夫婦《ふうふ》、浅草《あさくさ》の高橋《たかはし》さんご夫婦《ふうふ》、上《う》野先生《のせんせい》の教《おし》え子《ご》も大勢参列《おおぜいさんれつ》しました。

喪主《もしゅ》
　葬式《そうしき》の中心《ちゅうしん》になる人《ひと》を言《い》います。おもにその家《いえ》の主人《しゅじん》がつとめます。

そして、世間瀬千代松《ませちよまつ》さんや栗田礼三《くりたれいぞう》さん、斎藤義一《さいとうよしかず》さんも、秋田県《あきたけん》からかけつけました。

「こんなにたくさんの人《ひと》に集《あつ》まってもらって……本当《ほんとう》に幸《しあわ》せ者《もの》だ。おまえといっしょにくらせて、おれも幸《しあわ》せだったよ。」

菊《きく》さんの顔《かお》は、涙《なみだ》と鼻水《はなみず》でぐちょぐちょです。

「上野先生《うえのせんせい》をしたい続《つづ》けたハチの人生《じんせい》は幸《しあわ》せだったたと思《おも》います。上野先生《うえのせんせい》とは会《あ》えなくなってしまったけど、結局《けっきょく》、こんなにたくさんの人《ひと》たちと会《あ》うことができた。ハチの人生《じんせい》には本物《ほんもの》の幸《しあわ》せがあった。」

斎藤会長《さいとうかいちょう》も言葉《ことば》をつまらせました。

「『犬《いぬ》の気持《きも》ちもわからない者《もの》に人《ひと》の気持《きも》ちは理解《りかい》できない。ハチの世話《せわ》は人生《じんせい》勉強《べんきょう》だ』と上野先生《うえのせんせい》に言《い》われました。だけど、ハチこそが人《ひと》の気持《きも》ちをわかっていたんですね。だから、こんなに人《ひと》が集《あつ》まって……」

才《さい》ちゃんが大《おお》つぶの涙《なみだ》を流《なが》しました。おとよさんも涙《なみだ》がとまりません。

「これで……やっと……ハチ、あなたは主人《しゅじん》に会《あ》えるのよ。もう無理《むり》をして駅《えき》に通《かよ》うことはないのよ。最期《さいご》まで主人《しゅじん》をしたってくれて、ありがとう。」

八重夫人《やえふじん》は、上野先生《うえのせんせい》とハチが仲《なか》よくほほ笑《え》む写真《しゃしん》を胸《むね》に抱《だ》いています。

渋谷駅《しぶやえき》に集《あつ》まった人《ひと》だけでなく、日本中《にほんじゅう》の人《ひと》が涙《なみだ》を流《なが》しました。

年齢《ねんれい》に関係《かんけい》なく、日本中《にほんじゅう》の大人《おとな》から子《こ》どもまで全員《ぜんいん》が泣《な》いたのは、日本《にほん》の歴史《れきし》の中《なか》でこのときだけかもしれません。

ハチの一生《いっしょう》は、犬《いぬ》とか人間《にんげん》とか、そういうものをこえたところにあったのでしょう。だから、日本中《にほんじゅう》がハチの死《し》に涙《なみだ》を流《なが》したのです。

わたしは、ハチ公《こう》が大好《だいす》きです。ハチ公《こう》のことは絶対《ぜったい》に忘《わす》れません。

ぼくは、人《ひと》の気持《きも》ちも動物《どうぶつ》の気持《きも》ちも、どっちも大切《たいせつ》にしたいと思《おも》います。

ぼくは、ハチ公《こう》から本物《ほんもの》の幸《しあわ》せと愛《あい》する気持《きも》ちを教《おそ》わりました。


ハチのお墓《はか》は、上野先生《うえのせんせい》のお墓《はか》のとなりに、よりそうように建《た》てられました。

全国《ぜんこく》の子《こ》どもたちから届《とど》いた手紙《てがみ》は、ハチのお墓《はか》の中《なか》に大切《たいせつ》に入《い》れられました。


これが、ハチとハチを見《み》つめた人《ひと》たちの物語《ものがたり》です。

銅像《どうぞう》にはハチの人生《じんせい》だけでなく、ハチを見《み》つめた日本中《にほんじゅう》の人《ひと》たちのいろいろな思《おも》いが込《こ》められて、伝《つた》えられているのです。

現在《げんざい》も、そして永遠《えいえん》に……。

この物語《ものがたり》は事実《じじつ》にもとづいたものですが、
作者《さくしゃ》が組《く》み立《た》てた部分《ぶぶん》もあります。

おもな参考資料《さんこうしりょう》

「ハチ公文献集《こうぶんけんしゅう》」　林正春《はやしまさはる》

「江戸《えど》・東京《とうきょう》 歴史《れきし》の散歩道《さんぽみち》」　株式会社《かぶしきがいしゃ》 街《まち》と暮《く》らし社《しゃ》

「現代《げんだい》の日本史《にほんし》 改訂版《かいていばん》」　株式会社《かぶしきがいしゃ》 山川出版社《やまかわしゅっぱんしゃ》

ハチの年表《ねんぴょう》

大正《たいしょう》12年《ねん》（1923年《ねん》）
ハチ、秋田県《あきたけん》で産《う》まれる。父母《ちちはは》ともに秋田犬《あきたいぬ》。

大正《たいしょう》13年《ねん》（1924年《ねん》）
ハチ、上野英三郎先生《うえのひでさぶろうせんせい》の家《いえ》に来《く》る。
子犬《こいぬ》のころは病気《びょうき》がちだったが、やがて上野先生《うえのせんせい》の送《おく》り迎《むか》えをするようになる。

大正《たいしょう》14年《ねん》（1925年《ねん》）
上野先生《うえのせんせい》、亡《な》くなる。
上野家《うえのけ》の引《ひ》っ越《こ》しにともなって、ハチは日本橋《にほんばし》のごふく屋《や》、浅草《あさくさ》の理髪店《りはつてん》のいす製造販売業者《せいぞうはんばいぎょうしゃ》にあずけられる。

昭和《しょうわ》2年《ねん》（1927年《ねん》）
ハチは一時《いちじ》、世田谷《せたがや》の八重夫人《やえふじん》の家《いえ》でくらし、
その後《ご》、小林菊三郎《こばやしきくさぶろう》さん一家《いっか》の一員《いちいん》になる。
ふたたびハチの渋谷駅通《しぶやえきがよ》いがはじまる。

昭和《しょうわ》7年《ねん》（1932年《ねん》）
日本犬保存会《にほんけんほぞんかい》の斎藤弘吉会長《さいとうひろきちかいちょう》が、ハチを日本犬保存会《にほんけんほぞんかい》の雑誌《ざっし》『日本犬《にほんけん》』で紹介《しょうかい》する。
その後《ご》、東京朝日新聞《とうきょうあさひしんぶん》でハチがあつかわれる。
この新聞記事《しんぶんきじ》でハチの知名度《ちめいど》が全国規模《ぜんこくきぼ》になる。

昭和《しょうわ》9年《ねん》（1934年《ねん》）
神宮外苑《じんぐうがいえん》の日本青年館《にほんせいねんかん》で「銅像建設基金募集《どうぞうけんせつききんぼしゅう》の夕《せき》」が行《おこな》われる（入場者約《にゅうじょうしゃやく》三千名《めい》）。
ハチの銅像完成《どうぞうかんせい》。渋谷駅《しぶやえき》で銅像《どうぞう》の除幕式《じょまくしき》が行《おこな》われる。
映画《えいが》「あるぷす大将《たいしょう》」に出演《しゅつえん》する。

昭和《しょうわ》10年《ねん》（1935年《ねん》）
ハチ、亡《な》くなる。11歳《さい》。
故郷《こきょう》の大館駅《おおだてえき》にもハチの銅像《どうぞう》が建《た》てられる。

昭和《しょうわ》19年《ねん》（1944年《ねん》）
第二次世界大戦《だいにじせかいたいせん》のときには金属《きんぞく》が必要《ひつよう》とされたので、大館駅《おおだてえき》のハチの銅像《どうぞう》が回収《かいしゅう》される。

昭和《しょうわ》20年《ねん》（1945年《ねん》）
渋谷駅《しぶやえき》のハチの銅像《どうぞう》も回収《かいしゅう》される。
ハチの銅像《どうぞう》をつくった安藤照先生《あんどうてるせんせい》が空襲《くうしゅう》で亡《な》くなる。

昭和《しょうわ》23年《ねん》（1948年《ねん》）
安藤士先生《あんどうたけしせんせい》（安藤照先生《あんどうてるせんせい》の息子《むすこ》）が、2代目《だいめ》のハチの銅像《どうぞう》を建《た》てる。

昭和《しょうわ》62年《ねん》（1987年《ねん》）
大館駅《おおだてえき》に2代目《だいめ》のハチの銅像《どうぞう》が建《た》てられる。

著者：須田諭一（すだ ゆいち）
1959年生まれ。大学進学予備校の職員を経て、2000年よりフリーとして編集や執筆をはじめる。
●主な編著：『プロレスへの遺言状』『頭脳警察』（以上、河出書房新社）、『筋肉少女帯自伝』『上田正樹 戻りたい過去なんてあらへん』（以上、K&Bパブリッシャーズ）、『頭脳警察 Episode Zero』（ぶんか社）、『子どもと親のための心の相談室』（本の泉社）、『ほんとは知らない競技ウェアの秘密』（永岡書店）、『いますぐ使える 雑学あれこれ』『身近なトラブル 解決マニュアル』『名言』（以上、里文出版）、『野村克也 解体新書』（無双舎）、『おもわず話したくなる雑学あれこれ』『困った身近なトラブル解決Q&A』『届け出・申請・手続き 完全ガイド』『政治家の名言』『おとなになって読むアンデルセン』『こども座右の銘』『安眠本 ストレス解消、不眠解消』（以上、メトロポリタンプレス）、『マスターズ 栄光と喝采の日々』（AC BOOKS）、『美しい黒星』（日刊スポーツ）など。

子《こ》どもと親《おや》のための **ハチ公物語《こうものがたり》** ～日本中《にほんじゅう》が泣《な》いた日《ひ》～

2014年9月9日　第1刷発行

編　者：須田諭一
発行者：深澤徹也
発行所：メトロポリタンプレス
〒173-0004 東京都板橋区板橋3-2-1
Tel:03-5943-6430（代表）
URL　http://www.metpress.co.jp
印刷所：株式会社ティーケー出版印刷

ISBN978-4-907870-04-1　　Printed in Japan